1981

亚

诗

2015

唐亚平诗集

tangyapinshiji

黑色沙漠

四月里没有神话

黑色犹豫

铜镜与拉链

唐亚平/著

世纪文睿
Century Literature

世纪出版集团 上海人民出版社

作者照片

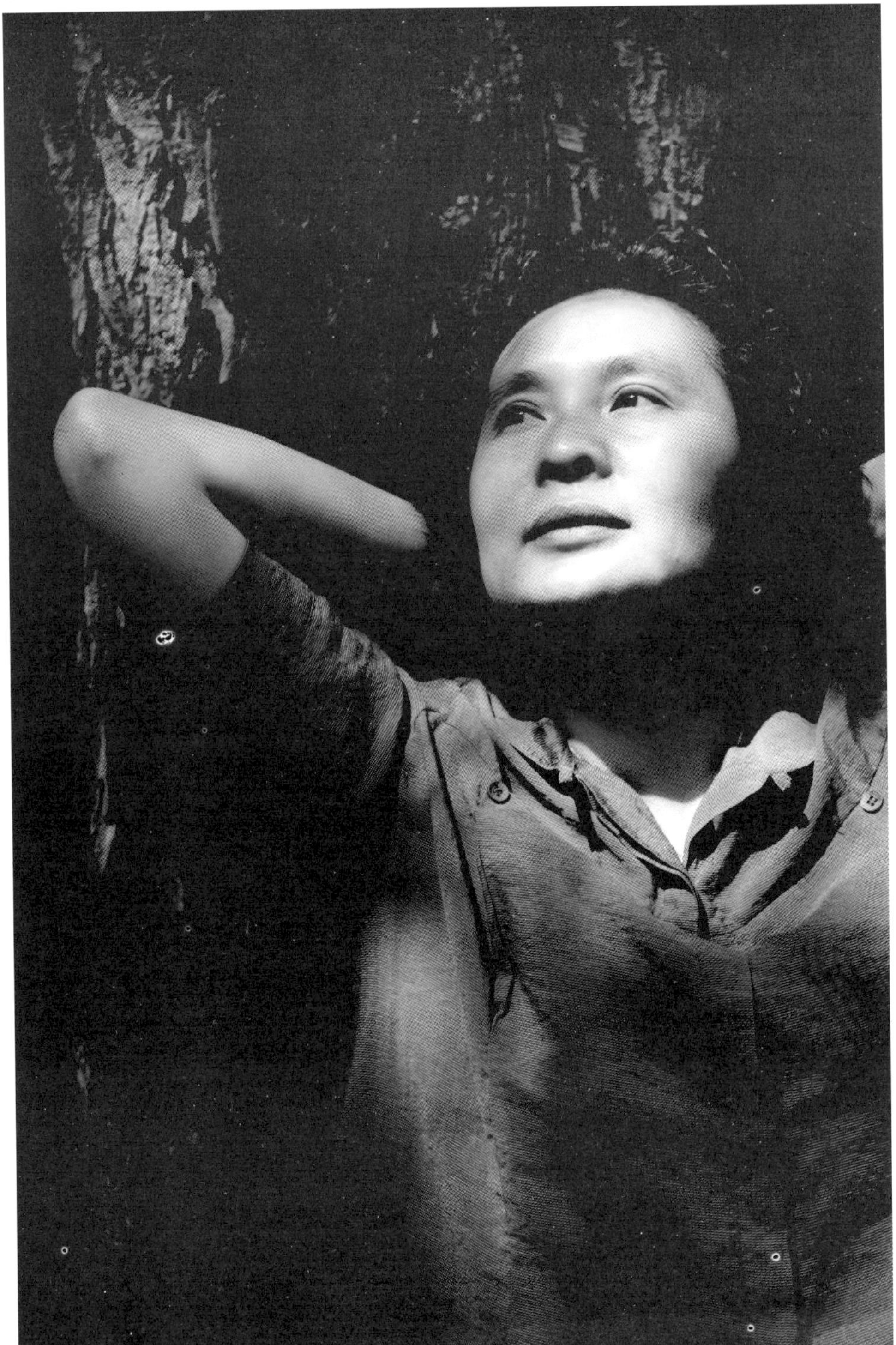

唐亚平诗集

目录
mulu

代序 / 我因为爱你而成为女人

唐亚平/1995年元月/原载《诗探索》第一期

　　我明白世界并没有和我一起诞生，它在我之前或之后。仿佛这世界对每个人都那么阴差阳错。于是在十余年前的某一个晚上我写道：

　　　　为什么不和我一起诞生
　　　　我如此美妙地对你微笑
　　　　使你沐浴酸楚和隐痛
　　　　我是秋天的女人
　　　　生来和季节一样成熟
　　　　……
　　　　我愿意和你一起听月亮穿云的声音
　　　　我愿意和你一起听太阳出土的声音
　　　　……
　　　　我要始终微笑
　　　　以微笑的魅力屠杀黑夜
　　　　世界啊，我因为爱你而成为女人

　　是诗明确了我和世界的关系，使我意识到爱是我对世界所持的一贯态度，是我对世界所报始终不变的胸怀。

身体

　　我对身体最初的知觉和记忆好像始于聆听，始于混沌静谧的母腹，从此我习惯以聆听的姿势来获得世间万物的倾诉，仿佛一切声音都来自我的身体。这样的觉悟由来已久，当我有怀孕的机会，当我有了儿子，自身的觉悟便一一体验，我对世界便深信不疑。我的身体成为世界的依据，有什么比身体更可靠呢，有什么比身体更亲近自己的神明呢，我的身体所触及的每一件事物都启发我的性灵赋予它血肉，使之成为我身体的延伸，像我赋予儿子以生命和模样，一切都显得那么自然，我始终置身于孕育的状态，我感觉到世界和身体不分彼此的依赖。

神说人身难得，我对身体的惊喜犹如对一朵花一颗星辰的惊喜，有什么语言能表达一个母亲第一眼看到婴儿的惊喜呢，纯粹的肉体犹如神的化身，神是如此显灵吗，夕阳的温情充满母性，黑夜把白昼溶为一体，我因此相信身体是神赋予生命最完美的形式，身体是神的杰作，是无与伦比的宝藏。躯体作为我个人完全的所有，也是世界的所有。我需要的一切就在我自己的身体上，我是一个自给自足的世界。然而并不是每个人都能珍惜和领受自身的恩惠，自身的资源需要性灵的开发和保养。冥冥之中，身体这样引领我回到生命的物质本质，把整个宇宙看成一个有机体，一个巨大的母腹，使人在大化流行、生生不已的生命之流中安身立命。

在我看来，人们常说的思想狭隘和身体的别扭或自己折磨自己其实是一回事。人的命运与人的身体功能有着浑然的联系。对男人而言只是局部性的东西，在女人则是圆融合一的。日常生活，零碎的家务不仅磨练了四肢，也磨练了女人的包容性和忍耐性，顺服于被动的生活，习惯于被动的处境，让日子怎么来就怎么去，把生儿育女和琴棋书画看成家常便饭，一样看待一张尿片和一本书，事无巨细，没有分别，母性神秘的欢乐与可亲可怀的事物共享，成全儿女的母亲，成全语言的诗人，女人在成全世界的同时也成全了女人自身。久而久之，我愿意把个人的生活状态和情绪，诸如欢悦和慵懒，爱情和幽怨等等当成与自然一样的某种天气来看待，任凭她植物般的反应和表现，像一棵树，向光向上，在开花的季节开花，在结果的季节结果，在落叶的季节落叶。

感谢神赐与我睡眠，感谢疲倦的身体带我进入梦乡，领受睡眠的恩典和供养。暂时摆脱身体在时空中的束缚，让身体在睡眠中获得自由和解放，让宇宙通过睡眠融入身体——在睡眠中遗忘或回忆，向往或逃避，在睡眠中欢喜或哭泣，相遇或别离……在睡眠中随心所欲。我的身体受睡眠的养育和启迪，仿佛我能在睡眠中获得神喻。没有比睡眠更能包容人的生存状态了，这混沌的温床使我分不清今生和来世，这觉悟的温床使我流连忘返。

柔软的肌体，温和的性灵，天然的静谧与平缓，妙相庄严，深情地善待所有的存在。怀腹的身体，安然入睡的身体和宇宙万物浑然一体，如此说来，整个女性的方式天生是诗意地拥有世界的方式，怀腹使女性获得圆满的形式，使整个宇宙获得了圆满的形式。

阅读

鱼是多么美妙的动物，它们生活在池塘湖泊里，生活在河流大海里，游荡或飞翔于水中，像永恒的胎儿在流浪，一条鱼，一身行云流水，一身流光溢彩的花纹。每条鱼用它的一身一世来阅读生活的环境，阅读水中的天空，以此获得对自身的描绘，我羡慕鱼的生活，平常喜欢看鱼、吃鱼，希望来生能变成一条鱼。也许我本来就是一条鱼。

以阅读的状态进入书写的状态。什么时候，不知不觉中，我和世界形成了彼此亲切的阅读关系。阅读的过程就是我与世界万物交流的过程，用自己的身体和眼光去发现事物，又通过这种发现进一步肯定自己与世界的联系。妥善地运用身体与世界的阅读，在天空和土地展开的时候，我是怎样欣喜地沉醉于无限的阅读之中，就像长久地凝视某物，会有出神入化的体悟，大自然的一草一木，书册里的故人乡亲会在展开的身体周围活灵活现，彼此拥抱和交谈，通过阅读，我感到自己无处不在，无时不在，我和万物一一贯穿。

谁不曾生活在想象之中，谁不曾有过某种对想象的阅读。女性生活在想象的海洋里，置身于慵懒睡眠，分不清现实与幻象的区别，像一条鱼分不清云和水。此时此刻，想到一匹马我就是一匹马，看到一只苹果我就是一只苹果，我是万物的化身，万物是神的化身。

面对信息社会，面对知识爆炸，我肯定身体是一切知识的本体，一切信息的来源。世上的知识都是我用以发现人类自身处境的一种视觉。阳光雨露、闪电雷鸣，天空中的飞鸟和卫星，大地上的庄稼和工厂，家中的器物和电视音响……具体的事物引导我阅读，引导我向每一件事物的本身发问，引导我直接从事物中获得本质的回答，深入细致的阅读一步一步把我引向书写，我对世界的书写与世界对我的书写。

什么时候我把身体当成一种书写来看待，什么时候我就开始了自觉的写作。一个人能够通过自身的书写获得享乐存在的状态获得生命的无穷意义。自身的书写渗透了自身的享乐和解放，而写作和想象所触发的性灵对写作又是一种神秘的验证。写作犹如情感和想象的舞蹈，人在如醉如痴的舞蹈中对身体的限制浑然不知，从而使自身在阅读和书写状态中获得自如和圆融，持续人与世间万物的交流，把无知无觉的自然纳入自身生活，自身又消融在万物之中。

语言

我时常仰望在天空飞翔的鸟类，仰望鸟的自由和自信，仰望翅膀上的神灵。我曾想象过飞鸟会从空中摔下来吗？好象没有，鸟儿信赖它的翅膀犹如信赖它的飞翔。作为诗人，我多么希望能像鸟儿信赖翅膀那样信赖它的语言。

智者说语言是存在的家园，人被命定生活在语言之中。当我来到这个世界，我的第一声啼哭包容了一切语言同时又被语言掩埋，我的生命漂泊在语言的海洋里，像是终身无靠，凭什么说我的身体是语言的发祥地，凭什么让我成为诗人，凭什么说语言和诗的关系是海洋与船的关系，多么古老多么破旧的比喻。我说语言真是莫名其妙。我时常搞不清什么是我的语言，什么是语言的我——无可奈何，我不得不信赖语言的不可信赖而存在，不得不忍受语言的压迫和盘剥，不得不在语言的迷宫里钻营——我们彼此斗争彼此和好，以诚相待又互相背叛，情投意合又各奔东西……然而无论如何纠缠不清总还是相依为命。我们现在面对语言如同我们的祖先面对最初的自然。语言已成为人类文明的自然。这使我意识到诗人和语言的关系犹如人与自然的关系——诗是语言的自然。诗人成全了诗，诗成全了诗人。

诗对于我个人来说是一种生活方式，一种命运，一种信仰。一切从身体出发，用个人的叙述与历史和自然对话，我以对话的方式进入历史和自然。把身体作为语言的根据，用诗召唤世界，当世界来到我的面前，我们彼此都会发生意想不到的变化，女人用诗营造世界就像营造自己的家居环境一样，使诗与存在与日常生活统一于身，通过对语言的把握达到对世界的把握，女性本来是一种归宿，女诗人在组织语言的过程中安排了语言的归宿，从而唤起诗的归宿感，存在的归宿感——一种怀腹入睡式混沌暧昧的归宿感。

我认识的文字有限，属于我所有的文字则更少，它们是一些被磨损了的常用字，它们蓬头垢面，麻木不仁，身带创伤和残疾，需要关心和照料，我和这些文字有着相同的处境，我们同病相怜，我愿意善待每一个汉字，愿意和它们一脉相承，息息相通。

当我发现自身与事物之间的真纯关系时，一事物能把我引向另一事物，引向成千上万种别的事物，我的身体能触类旁通，我的诗能把语言组织起来，我的语言能把事物组织起来造成世界——我等候某个时辰，神让我成其为诗人。

诗评

从盆地走向高原

谢 冕

唐亚平一开始就是与众不同的。我读过她早期的一首《日出》，这样一个被重复了千万遍的老题目，在她的笔下被表现得不同凡响：开始出现的是一只充血的眼睛，远处的电线网则是那眼睛中的血丝，这是日出之前的静观所得；而当日球升起的刹那，她看到了"猫抓着祖母的线团打滚"，还看到了"红色的小皮球掉在澡盆里溅起了水珠"，这是动态的日出风景。她看到的是动静结合的唐亚平心目中的日出。

对于诗人而言，题材无所谓新旧，诗人的品质在于她是否坚持看到了自己的风景。不断看到别人的所见、而且总是重复别人的语言讲述所见的，不是创造性的诗人。诗人心目中的太阳总是新的。重复自己，表明才拙；重复他人，表明怠惰。好的诗人总能够在别人重复了千万遍的地方，看到她所看到的特异。而此刻，我们早慧的诗人正用她还未曾脱离稚气的眼睛，看到了类似童话王国的奇特的形象——"远处走来陌生的秃顶人，打着一顶红花伞"。青年唐亚平的太阳，就这样瑰异地升起了。

我此刻论述的女诗人，就是这样从奇诡的幻想起步的。现在我们读到的诗人的最早的创作，都不同程度地保留了她对于童年的记忆。而童年，如同前述的日出，也是一个"古老"得被人不厌其烦地重复的诗题。它也是对于诗人才智的一道严酷的试题。唐亚平几乎是轻而易举地通过了。她笔下的童年同样是仅仅属于她自己的。她的《诺言》表达了童稚的率真和小女孩特有的"猜忌"心理。这首小诗三段式的复沓，都是5月的约会，都是童稚的内心隐秘的含蓄的传达。简拙地表达着深邃，而又出以明洁。

诗人的天性接近于儿童，儿童的世界充满幻想，而诗人的思维方式几乎就是幻想。诗人总是从说梦话开始。而孩子的没有受过污染的率真天性则是诗人应有的品格。唐亚平早期的诗中，保留了关于童年的纯真的记忆。《小院》有关于无忧无虑的童年任性和慵懒的描绘，她听见母亲的菜刀在唠叨，却一味沉浸在和镜子没完没了的"对话"中，而对母亲的呼声充耳不闻。在那个童稚的世界里，紫罗兰的"高雅枯萎"，仙人掌的"带刺沉默"，都表现着有异于人的独到的情韵。尤其是这首短诗的结尾，"爷爷把小院留给爸爸，爸爸把小院留给我们"，依然证实了唐亚平早期以平淡写悠远的诗风。从一所普通的小院看到人类的衍续，她的一份单纯之中包蕴了复杂。这说明诗人的语言是醒者的梦呓，是以稚拙写纯熟。

走出小院之后的年轻歌者，如被磁石所吸引，亲近着自然。除了童年，她拥有了更为阔大的灵感之源。许多诗人都是沿着这样的路线通往诗的堂奥——大自然是铸造优美和高雅灵魂的伟大母亲。刚刚从事诗歌创作的唐亚平，从这位母亲那里得到了滋润诗心的乳汁，一组用十四行体式写成的田园曲，总共30首，几乎是一气呵成的，这说明当日她的诗思是何等丰盈流畅。锦心绣口吟出了田园的迷人风光：清澈的水流过平静的村庄，"黄昏从炊烟里飘来"，妻子在无尽的雨天里等待丈夫，"山冈上的合欢树永远在歌唱"。

唐亚平出生在一个叫做通江的地方，翻过大巴山便是汉中地区这一带，山水清明，清澈的通江水从她的家门口流向汉中平原。我们的诗人就在这里的一个乡间小镇里成长。在童年，她的生活为朴素的乡村情调所包围。她的中学时代，有一些日子更是在椰风蕉雨的环境中度过。她无疑是中国南方的女儿。那里的温湿的气候和四季的绿色滋润着她的生命，大自然按照它的襟怀塑造了女诗人深情多感的灵魂。在中国，四川是一个奇大无比的盆地，盆地的边缘是连绵不断的高山。唐亚平的童年和少年时代就生活在素朴的山野和同样素朴的人群中，那儿有异于烦杂喧器的都市的自然而亲切的氛围，如母亲的乳汁培育着一颗不受污染的平常心。

诗人在这个大盆地的中心度过了她青春最美丽的季节。她在锦江江畔那所学府里学哲学。哲学用它的深邃博大丰富了女诗人的思维。同时，她谛听缪斯的空中梵音，这时她倾心于冰心和泰戈尔、徐志摩和戴望舒，这些诗人的优雅和睿智原是与她心灵相通的。大自然宽广的怀抱，还有那些伟大的哲学体系和思辩，以及优美的诗心，是年轻诗人最初的启蒙。

这座城市有它丰富的文化积蕴。一代名相诸葛孔明在这里施展过他绝顶的才华；浣花溪畔留下了杜甫流亡苦吟的足迹；望江楼前仁立过薛涛飘零的身影。这一切，都在默默地滋养着我们年轻的诗人。

80年代初，一场来势猛烈的新诗潮的风暴，袭击了中国沉闷的诗坛。盆地中心尽管四围有群峰的屏障，飓风也在那城市的上空激起了动人的漩涡。那时还是哲学系大学生的唐亚平，很快便结识了推涌那场潮流的诗人们，他们成为朋友。这样，由于新诗潮的洗礼，我们的年轻诗人开始受到现代主义乃至后现代主义诗风的影响，她欣悦地接受了那些来自远方的怪异来宾的精神馈赠。

一个诗人的成长，悟性和聪慧、敏感的心灵，及驾驭语言的能力，这些自身的条件是基础。但是，生存的环境、所受的教育，以及文化的熏陶，对于诗人，特别是来自本土的和异域的、传统的和现代的多种诗歌资源的吸取和溶化，这些后天的条件，有可能提供他们获得成功的依据。唐亚平非常幸运，她拥有了这一切。她的勤学和宽容，使她能够像海绵般地吸收来自前辈诗人以及同辈诗人的优长，从而使一切消化而为她自有的财富。当然，我们从唐亚平的创作中，也看到了一些未曾消化的痕迹。这原也难免，人总是始于学步而后才会奔走。

从盆地走向高原，这是对唐亚平生活经历的一种概括，却也是对她的诗歌创作的一种写照。多水分的潮湿的盆地，这里经年都有雨雾，作物生长茂盛。这里有一种富足，易于激发人们情思。对于诗歌来说，它是生长灵感和幻想的乡土。巴蜀自古都是产生诗人和吸引诗人的地方，直到晚近，依然是这片广袤国土上诗人最密集的省份。我们的诗人摄取了这片土地的营养和灵气，现在开始了新的红土高原的登临。

唐亚平如今还生活和工作在贵州。贵州是一片神奇的土地，这里的许多民族，都有着各自独特的文化习俗。而这些文化习俗和这里同样独特的山川景物相融汇，为这里的艺术和诗歌提供了丰足的营养和气韵。年轻的诗人一踏上这片土地，就被扑面而来的高原气象所迷醉。她以炽热的语言"顶礼高原":"我的心和高原一起带着他海拔的高度耸立/带着山海的广博和气势神圣地汹涌高傲地起伏/我的憧憬和高原云彩一起美妙地把/湿润的浓荫倾泻在坚硬古怪的岩石上"。

高原一下子使她拥有了开阔的胸襟。她礼赞那里的山,那里的云彩和阳光,还有那里的男人和女人。一向熟悉盆地的诗人,在她的心目中,高原是这样的沉重与庄严。向她涌来的连绵不断的高原,激越地、痛苦地起伏着,而在这种涌动着的高原面前:"我的父亲是朴实的山民在劳苦黄昏/老实如一堆红泥巴和天空一起斜躺在山坡上"(《太阳山峰》)。她的笔下频频出现这和粗糙的石头一样粗糙的山民,她认之为自己的"父亲":"我父亲的头永恒地高昂着","把贫瘠孤独的痛苦深深地压在山底"。文静清雅的唐亚平一下子变得粗犷和激越起来,这与其说是她的性格所使然,不如说是外面新鲜的世界对她的强烈的撞击造成的。

这是唐亚平诗歌创作的"高原时期",她显然是在奋力作着高度的升越。这时期新诗潮所带来的现代主义的影响,她吸收得不多,倒是代表新诗潮最重要的品质的那种锲入现实的激情,却成为了女诗人高原诗篇的精魂。她在这些诗中声称自己是贵州高原的"骄傲的女儿",在有的诗中这女儿的形象又变成"悲愤得颠狂"的"十万大山慓悍的妻子"(《我就是瀑布》)。显然,女诗人在她的诗歌形象中充填进去更多丰实的历史内涵。犹如新时期许多代表性的作品所体现的精神一样,这时唐亚平笔下出现的女性形象是群体代言的形象。她是在代表高原女人的命运在发言。

80年代诗中值得珍贵的那些品质，在唐亚平诗中有鲜明生动的展现。新的历史时期开始，人们面对现实反思历史，为告别黑暗和贫穷而宣告和歌吟，关心的是整个民族的命运。在唐亚平那里，这种关心具体表现为从高原获得某种精神力量的摄取和提炼。贵州高原绵延不断的山峰，既是贫瘠和孤寂的象征。又是坚定和质朴的象征，她热情地讴歌山的性格和石头的性格，意在以此召唤光明，迎接新生。这就是当日诗歌普遍蕴存的一代人追求光明的使命感。

当然，唐亚平在从事这些努力时，由于急切表达的愿望，也给这些诗带来了某些明显的缺陷，这就是因过于直白而流于空泛，有的诗则是概念的陈述，如"我是高原女人，不容忍一千年失落一个沉闷的姿态"、"不容忍一个世纪的犹豫和迟缓"（《我就是瀑布》）等。也许可贵之处也在于此，后来，人们开始摒弃"群体代言"，这些缺点虽然消失了，而追求的激情也自然地"降温"了，带来的则是一种负面的效果。

高原始终体现一种高度。对于诗人而言，高原不是梦境，高原是具体而实在的，这包括诗人从高原获得的精神资源。如她自己说的，"高原是这样难以告别"，面对高原，以往的"二十二个秋天无论如何都是无辜的"；由于"整个岁月和山一起压迫我激励我，生命就这样难以告别"。这些诗见诸《高原是这样难以告别》，我的理解是，由于高原的感召，高原是与诗人的生命紧紧地融合而不可分离了。唐亚平在叙述她的高原时，有一种真诚，当然，也有一种理想化的夸张。我们依然从这种夸张中感受到她的真诚，因为当时，她非常年轻。

她对高原的体认经历了从外在的惊叹到内在的把握逐渐深化的过程。《高原女人》显然超越了最初的热情"顶礼"。在她的观察中，高原的女人只要有儿子，她就获得合理的一切，她也就因而生活得理直气壮。这是一些纯朴得"甚至连贫穷也不懂的女人"。"她们甚至没有会心的微笑"，而她们的心却是富有的，如同她们喂养孩子的乳房。唐亚平走进了高原人生活的深处，在这种"走进"中表现了她的深刻。80年代唐亚平写这首组诗的时候，在它的结尾处缀上"田坝上山一样崛起了城市"，她预示着那些纯朴的女人面对着一种从未有过的新的生活。诗人没有表示她的担忧或是欢喜，她只是作了平淡的预示。她把这种生活体验的深刻性留给了随后出现的诗篇。

从表现一般的田园情趣，到表现高原的自然景观和平民生活，唐亚平的创作开始了对于民俗的摄取和民族文化的追寻。贵州的多民族聚居，有她吮吸不尽的营养，使她变得富足。她给予她所拥抱的高原以独特的性格：高原山石的坚定、高原湖的澄澈。她写了《二月的湖》、《五月的湖》，在这些诗中，她一再强调："永恒的岸是永恒的波浪"，表达了坚强的追求的信念，漂流并最终战胜的生命意志，她的确把高原从外在的景仰化为了精神，在这里，年轻诗人的浪漫激情得到了沉淀。

盆地是温情的，高原是强悍的；盆地让人婉转，高原让人旷达。人们不由得不羡慕这位年轻的歌者，她的拥有造就了她刚柔结合、收放自如的艺术个性。从自然走向对人的体察，再从社会文化的层面走向浩瀚的内心，数年之中，唐亚平的创作正在悄然走向成熟。高原的确是高度的象征，何况高原除了山、石和湖之外，更有异象纷呈的多民族的文化和风俗。但这一切对于走向成熟的诗人的影响，都不会是表面化的，它已成为内蕴的精神，给诗歌创作以无形的补益。

一个诗人成熟的标志，在于他能超越一般而拥有仅仅属于自己的诗歌形象，并以充分个性化的语言表现出来。继高原组诗之后，唐亚平集中展示了以《黑色沙漠》命名的13首"黑色系列"。这一系列的推出，使人们毫不困难地承认了她的成功。组诗以《黑夜》为它的序曲，黑夜含混的色彩让人感到凄惶，却又潇洒、轻松，当一切都变得暗黑的时候，我成为无家可归的夜游神。但诗人显然不是在否定无边的暗黑，她甚至是在"陶醉"其中。黑夜带来了某种不安，却有更多的神秘的亲切。这样，唐亚平向我们揭示了她独有而奇特的黑色的主题。

黑夜可以溶化一切色彩，黑夜以它悄然无声和无所不在的诱惑，而使"我""似睡似醒地在一切影子里游玩"。当诗人加重惊叹"真是个尤物是个尤物是个尤物"时，她讲的是自己变成的"有血有肉的影子"，也讲的是在白天里被掩藏而现在却活跃着的欲望和意识。这一点，诗人通过诗句"回避着鸡叫"的"蛇的躯体"，至少给了我们一些暗示。"黑夜"在唐亚平的笔下不再是顾城《一代人》中的个"黑夜"。顾城的黑夜有着浓重的意识形态的象征性，而唐亚平的"黑夜"仅仅属于人的潜意识，特别是，仅仅属于女性。

这一组"黑色系列"不仅对唐亚平是重要的超越，对80年代开始的新诗潮，也标示着另一层次的开拓，这开拓的工作不是唐亚平一人进行的，和她站在一起的还有其他几位有影响的女诗人。从意识形态剥离开来的"黑夜"是女性对于自己世界的一种认知和把握，这里除了女性对于自身属性的特殊的暗示之外（在唐亚平的诗中"洞穴"或"睡裙"都有浓重的性的暗示），更重要的，是成熟女性的母性的萌醒和把握，对于怀腹的婴儿而言，母亲的子宫就是一个暗黑的世界。在这里，我们可以武断地认为，"黑夜"仅仅属于女人。

但唐亚平笔下的黑色显然要丰富而复杂得多，因为它的不确指和多义性，阅读她的这一组诗存在着明显的障碍。再加上这些诗的指向性是多方位的不统一的，解读的困难就更大。例如，我们可以对"沼泽"有一种体认，在《黑夜沼泽》中"我披散长发飞扬黑夜的征服欲望/我的欲望是无边无际的漆黑"，"我长久地抚摸那最黑暗的地方/看那里成为黑色的漩涡"，由于"那一夜我的隐秘在惊慌中暴露无遗"，我因此而产生"恐怖"，据此，我们可以得到一种明确的暗示——这一切与潜在的欲望有关。"沼泽"既是具体的形容，又是一种陷落泥淖的指征。

但有的诗阅读若循此路径前行，便有可能产生歧误，如《黑色的眼泪》"黑色寂寞流下黑色眼泪"，这后一个黑色究竟所指者何？通常的眼泪都是水般的透明，这黑色是暗示着伤心还是绝望？恐怕还是暗示着泪水的内在的质，以及诗人对这样泪水潜在的评价。也许我们从"对死亡我不想严阵以待"和"我想扔掉的东西还没有扔掉"的叙述中，可以得到进入诗人世界的钥匙。

意味深长的是《黑色睡裙》，初看这题目，性的暗示很强烈，而且一般很能激发起柔情万种的联想，然而不是。"下雨的夜晚最有意味/约一个男人来吹牛"，一下子就显示出谙熟世情的冷漠的穿透力。更有趣的是这诗的劈头第一句，它端出的是在"深不可测的瓶子里"灌满的"洗脚水"！一开始就是对于传统的优雅风格的亵渎。黑色睡裙让人想起沙龙中的女主人，想起雨夜里男人的造访，想起某种甜蜜温情，然而都不是。诗人在这里有一双冷静的眼睛，她在"以学者的冷漠"来看那些浅薄的千遍一律的感情表演，她把那温柔缱绻的一切都滑稽化了，她剥掉了世间虚假情爱的外衣，她的批判的机锋非常锐利。在这里，我们看到了一种女性意识的觉醒。

上述那种批判的意向，在另外一些诗中也有表现，《黑色子夜》："一个老朽的光棍/扯掉女人的衣袖/抢走半熄灭烟蒂"，这画面就很丑陋，是一种无情的"撕破"。在《黑色石头》一诗的开头就是"找一个男人来折磨"和"长虎牙的美女的微笑"，从形象到情感都不是传统意义的美——

信心十足地走向绝望

虚无的土地和虚无的天空

要伟大就有多伟大

　　　　死去的石头活着也是石头

　　在这里，我们温文尔雅的女诗人却有着一种决绝的洞悉以及尖锐的讽喻。唐亚平的黑色系列是一组内涵丰富而又驳杂的诗。女性内在世界象征性的显示和把握，是它的基本内容，而它的某些激愤又让人依稀辨认出女性主义的微妙而曲折的影响。

　　传统意义上的女性诗，总是充满温柔细腻的情爱，那里举止文雅、环境优美，有着丰富的笑容，然而，在黑色系列里，这一切都消失了。当人们读到"胜利逃亡之鱼穿过鲜活的市场 / 空气血腥"（《黑色霜雪》）、"我身怀一窝龟卵 / 乌鸦把它叫醒"（《黑色乌龟》）这些诗句，得到的是与传统美感截然相反的感受。女诗人有意地在她的诗中凸现出丑陋和让人恶心的东西。这一点证实了诗人别开生面的接近于"后现代"的尝试。

　　《铜镜与拉链》从未发表过，第一次收入此集，也是首次和读者见面。这是一首由100节组成的长达数百行的长诗。以铜为镜象征着古典的内涵，而拉链则是现代的产物。把这两种间隔遥远的物体组织在一起，而且成为"ABC恋歌"，这本身就是关于反差和矛盾纠缠的安排。这首"恋歌"的开始，就是一种失落的宣言：躯体是"彻底麻醉"，是一种"没有体温没有血色"的"厮混"。而且，诗人明言，现在开始了的一切，"再也回不到长蘑菇的乐园"。可以说，这种开始是以童谣般的纯真的消失为代价的。

　　随后我们读到的每一节都是断续的短章，它没有连续性的情节，却是完整地受到现代震撼的复杂心理碎片的拼接。我们看到的都是一些不完美和有缺憾的意象，如缠着绷带的月亮的冷笑，如乘着酒兴高歌"好样的绞肉机"，以及早晨的牛奶变成砒霜，等等，我们从这些近于荒诞的组合中，看到诗人深切的对现实的体认和揭示。这是一首支离琐碎的"恋歌"。在这里，"甜蜜"或"温情"，都只是一种嘲讽；而对于丑恶和虚伪的着意揭示，它的辛辣和无情则近于本意。我们从中看到了诗人的"苍老"、甚至"世故"。然而，这正是清醒的现代人的尴尬和悲苦。和传统保持着千丝万缕的联系的人，置身于现代的潮涌中，只要她的心是醒悟的，都会有这样的心态。要是此刻我的阅读没有走入歧途，我敢于确认，站在我面前这位年轻的诗人对人情世态有着近于残酷的冷峻。而这正是早慧的诗人成熟的证明。

有些诗节至用"不美"来形容都不够，那简直就是"绝望"，如长诗第81："乌龟死后的夏季／一群苍蝇在为它树碑立传／什么地方传来电锯的声音／所有的森林化为乌有"；再如第17："为了每一个女人怀一身怪胎／不择手段地做爱／太阳显得死皮赖脸"，这是传统的"恋歌"吗？所谓"ABC"不就是浅显、一般、通常、众所周知的意思吗？试想，诗人笔下的"恋歌"就是如此这般的ABC，那么，诗人对于流行病般的"现代"爱情和人际关系的态度和立场的批判就是非常明确和坚定的。由此，我们看到了现代诗人和"现代"之间，有意地保持了一种冷静的距离。"传统"的诗人并不像一些"现代"浪游者那般随波逐流地"投入"现世的混浊。我们从唐亚平式的辛辣和尖锐中看到了可贵的独立的品质，这点也许就是来自学院的诗人所具有的，不同于一般的当代知识分子的精神品格。

唐亚平是一种复杂的存在，文学和哲学，浪漫情怀和严峻思考，抒情性和批判性，在她身上有着奇妙的综合。她秀于外而慧于中，在她的优雅姿态中蕴藏着"尖利"甚至"苛刻"。她不是那种见花望月就有感慨的浅薄，她是潜入深刻事物的内里去，把那一切加以"搅拌"，让那些被装潢的丑恶都浮上来。当然她的"搅拌"多半只限于她所关注和投入的自然和情感的层面，她很少涉及更为阔大的领域。这也是我们此刻称之为的女性诗歌的局限，也可能就是它的特点。

女性诗歌并不就是女性写作的同义语。作为女性，她可以写各种各样的诗，男性可以写到的地方，她都可以写到。也许在表现的方式和艺术风格上会有不同，但在这些方面，不存在性别的特征。而被命名为女性诗歌的诗歌与此不同，它有鲜明的性别的差异，它的基本的和主要的倾向是来自女性自身。女性有自己独特的世界，不仅情感、思维，也不仅性情、体态，而且有仅仅属于女性的生理和文化的特征。唐亚平早期的创作并不着重女性诗歌的独特追求，《黑色沙漠》之后，则有了充裕的展现。也许是人生的经验，包括婚姻、生育等等的经验更为丰足，加上接受自白派诗歌的影响，催使女诗人的创作更为接近女性诗的境界。

最典型的一首诗是《我得有个儿子》。"我得有"似乎是一种愿望和祈求，但就诗来看，却更像是已有的经历和体验的表达。"房间缩小，一团肉无限膨胀"，这是仅仅属于女性，特别是已婚女人的感受。"我怕生儿育女，怕身怀怪胎/怕伤口彻头彻尾/把我撕成两半"。生育是如此诱人，却又是如此可怖，这种又渴望、又惊怕的感觉，则更是面临生育的女人独特的感受。"我不能承受一团肉的占有，我不能容忍一团肉的抛弃"，诗人把这种又恨又爱的母性情怀表达得非常精微。此后写出的《一个名字的葬礼》、《母女》诸作，似乎只能从女人的世界的角度——那个世界只有女人才能明晓和洞彻——去阅读，方能读出它的蕴藏。

这本诗集的第三部分，时间跨度前后仅及两年。编者之所以对唐亚平的诗做这样地划分，意在强调这个时期创作的特殊性。这一阶段对于我们的诗人而言，是身心均受到损伤，精神极感疲惫的特殊时期。诗人内心难以言说的繁复，通过诗的命题得到暗示，各种各样的风景：内心的风景、孤独的风景、惆怅的风景、意外的风景、还有老风景。是一个可以理解却难以明言的时刻，我们依然可以从她的曲折含蓄的传达中，捕捉到诗人内心的伤痛。这一切，生发于女性隐秘的内心，也以女性独特的方式表达出来。这是从骚动走向静寂的苦痛的过程。《母女》的刻骨铭心的伤痛超出了一般的生离死别，那对话其实只是灵魂的私语，是精神迷乱状态的内心独白。

要读痛苦的诗，这里最丰富，但她对于痛苦的表达，却是一幅幅静谧的"内心风景"，她把那喧嚣和迷狂置于画面之外或之后："到处是吞吞吐吐的眼睛/可怕的脏/石头把巨大的精力消耗在水中，水把莫名的痴妄消耗在云中"，这一片"孤独的风景"，要置放在平日，那水中之石以及水中之云，会引发多么诱人的景象，而此刻，充眼都是"可怕的脏"，而且感到了"消耗"的无意义。在坏心情中，即使是好风景也失去了一切意义——"此时我坐在云端/我是自己的憩园/一片孤独的风景"。她的这些风景看似沉寂，其实都包孕着强烈的内心风暴。

到了90年代，唐亚平的诗变得成熟了。她从纷繁的实践中，兼融并蓄，找到了自己的语言和方式，风格更趋稳定。她这时多采取曲折的传达："我采取自传式的表演/让语言感到遗憾/棘手的问题一直存在"（《寻找镜子》）。这诗也许可视为她的创作自白。她总是通过抽象的镜子的反照写一份玄思。她的诗显得生涩了，有更多的包蕴，但解读也更为困难。也许，她原就是哲学系出身，哲学进入了她的诗。哲学使诗内蕴深厚。但哲学并不能代替诗，诗若失去了形象而流于抽象，最后也损害了诗。这在诗人的创作中是新问题，如何保持深厚而又出以浅显，这无疑是对成熟诗人的严格而又严竣的检验。

1996年的最后几天，于燕园

土地的歌唱

——读《荒蛮月亮》札记

赵越胜/原载《读书》1988年第九期

一

往日里，曾谛听过我歌词的友人
纵使还在，已离散在世界的中心

《浮士德》

天下诗人真多。有人打趣道，往街上扔块石头就能砸死个诗人。八六年夏天去贵阳，朋友们在邝杨家聚会，夜半酒酣耳热之际，门轻轻开了，进来一位美髯男子和一位文弱女子。邝杨介绍说，这是画家曹琼德和诗人唐亚平。我不由一惊，又一位诗人！看眼前这位文弱姑娘踏上险途，心中不免有几分惋惜。

《黑色沙漠》是我最早读的亚平的诗。

这组诗的名字就令人震惊。沙漠已是荒凉寂寞之至了，何况又是黑色。诗人也为这黑色犹豫了。

晚风吹来可怕的迷茫
我不知该往哪里走
我这样忧伤
也许是永恒的乡愁
我想走过那片原野
那是一片衰黄古板的原野

我真有点害怕这种乡愁，更不敢踏上这衰败的原野。我以为，能把心灵掷在沙漠荒滩上，去亲近沙丘砾石，体味隐入黑暗，在一无所见之中酣舞狂歌的人不是大勇者便是大弱者。勇者靠承担命运的那份坚毅隐忍，弱者却靠不知何谓荒滩沙漠的那份天真。

我既非勇者亦非弱者，故不敢直面亚平展现给我的这幅图画。当沙漠已成为日常生存的一部分时，我宁愿依傍绿草清泉，既然"众神隐退，暗夜降临"，我更渴望一盏灯火。

但是，我们因有光照才知黑暗，因有芳草才知荒原。在《创世纪》中，神不是从黑暗中唤来了光明吗？"地是空虚混沌，渊面黑暗。神说要有光就有了光。"黑暗的蕴藏是浩瀚无边的，新生命不就萌生于黑暗中吗？怎么，诗人的黑色沙漠竟启示着澄明的绿野？

我惶惑了。

二

亚平寄来《荒蛮月亮》的样书。首先吸引我的是《田园曲》。

我惊异亚平何以有这一组田园曲。这种体裁太古典了，它是维吉尔、陶渊明笔下的东西，那个时代离我们很遥远了。田园曲（Idvll，Pastoral）所诉说和襃扬的素朴、单纯、宁静、平和、愉快的生活理想早已成为过时的东西。在技术统治一切的时代，田园曲是没落而终将不复存在的东西。亚平何以独独要写田园曲？

我又何以独独珍贵这田园曲呢？

静夜，在昏黄的灯光下悄吟这田园曲，清香的泥土气扑面而来。

一组田园曲，首首都有土地，哦，这田园曲原是土地的歌曲：

在这片土地上，我们用带谷穗子的
稻把，赶在秋天的黎明前
在土地上写下一页金黄的竖行字
于是阳光拨响所有的琴弦
吟颂着米桨般温馨圣洁的田园曲。
《我们来到土地上》

选谷种的时候，我也选择了土地
土地是贫瘠的，种子就更要饱满
《选谷种的时候》

花朵没开放的时候，我们就知道
幸福在土地上……
《幸福在土地上》

我会在雨中喊你石榴树，在风中
呼你白杨树。

这土地上的名字

也都是我们的名字，……

《叫我的小名儿吧》

田园建在土地上。这土地不仅是我们行走耕作，出生入死的场所，更不是土壤学的对象。抓把泥土放在显微镜下，只见结构不见土地。土地较之土壤学对象更富有、更神秘。它是人类生存所赖以树立的根基。形而下之，我们称其为土地，形而上之，我们称其为Sein、Etre、Being（存在）。

亚平所奉献给我们的土地，岂不正是思所欲思之事吗？它的广大与贫瘠，它之作为馈赠者与家园的保有者，不都是思在思入存在这一度时涌现出来的平常之事吗？对这亲熟之物，我们久已视若无睹，但恰恰是这最亲熟之物才最召唤思。

维吉尔也曾叹息过家园的丧失：

啊，在何等遥远的将来才能回到故乡，

再看见茅草堆在我村舍的屋顶上。

他的家园或毁于战火，或被"粗鲁的屯兵获得"。但战火和凶兵仍属于他的生存世界，他虽奔走流浪，但家园仍在。不论他走到"干渴的非洲北岸"还是"去不列颠，到那天涯海尾"，仍有着家园感。他同家园分而不离，他的世界是完整的。陶渊明觉心为形役而田园将芜，便翻然悔悟，驾遥遥之舟，乘飘飘之风自由地返回。他仍有家可归。

田园是先人的存在方式。

近代以来，工业文明依靠技术，真正把人从土地上剥离了。没有人敢对它的合理性提出异议，因为它帮助人们摆脱贫困。但同时，新的、不可救药的贫困也悄悄侵入人的家园，生存环境的恶化和精神家园的沦丧都意味着人同土地的分离。世界本是人栖居的家园，但现代人却视之为虏掠的对象。只有疯子才在自己的家中虏掠，而在世界，在人所栖居的家园中虏掠，却是理智的行为。在这虏掠中，海湾草原，田野森林都在失去本来的面貌和色彩，沙漠正从内到外地席卷我们。这种席卷是一种进步吗？这种新贫困莫非就是我们的归宿？

如今，纵有科学精进，技术奇巧，主义繁杂，终究不会变化的仍是人始终生存在天空与土地之间，他逗留、栖居在这里，走完从生到死的路程。他无论入世操持还是遁世逍遥，终逃不开这根基性的东西。田园诗就是对这根基的回忆与向往，追寻与勾画。

田园诗人注定要守候着家园。她感觉到田园的基础面临危险，便发出归家的呼唤，召我们去收拾旧田园。游子一词只称谓有家的人，若田园尽毁，则人连游子也无从当起，只是一群无定形的质料，一堆无名无姓，无可称谓之物。因而我们爱田园诗，它提醒我们曾是有家的人。在这田园诗几成绝响的时代，亚平唱出的几缕清音也足令我们神往。

三

几年前，听几位青年诗人谈诗。一位说，中国诗若要大发展，就必须进入现代意识。我不解其意，反问一声诗应进入何种现代意识？诗人哑然。看来他在谈他尚未深思之事。

现代意识是指当下意识形态吗？若是，那摇尾歌颂劳改营的伪诗人就是最具现代意识的。或者，诗的现代意识就是把技术时代的内容作为表现对象？若是，那么未来主义便最具现代意识。他们自觉认同效率，速度，机器文明，对之顶礼膜拜。他们的现代意识就是摧毁过去而走向未来。但是对未来的信仰也颇可怀疑。未来是什么我们尚不知晓，凭什么来判定它不容置疑的优越性呢？依照意识形态的流行说法，对未来的信赖依据于对历史规律的把握。但这岂不等于把对未来的信心建立在某种称作规律的信仰之上？这又何异于相信末日审判的信仰主义呢？

这种对未来不加深思地一味崇奉倒也真能闹出笑剧。未来主义的干将马里内蒂最终投靠了墨索里尼，专为未来主义与法西斯主义的联姻拉皮条，虽位尊荣殊，但实在没有好诗留存。这颇具象征意义。所谓历史乐观主义恰恰最无历史感。其实，未来只是对一种时间状态的描述，本不存在人是走向它还是离开它这回事。诗人不相信未来主义的允诺，他们牢记希腊人的挑战：这里就是罗陀斯，就在这里跳吧！

当我们使用现代意识一词时，已暗含着用时间尺度来衡准现代意识的内容。而诗是对时间尺度的反叛。时间是必然性的东西，诗却是自由。诗人要使在时间流中飘浮疾逝，游荡无根的东西成为常驻者。塞尚就这样宣告他的理想："我们所眼见的一切无不扩散逃逸，自然永远只有一个，但其显象却无一持存。艺术必须赋予它以永恒的崇高，使其永恒性崭露。"

每一首真纯之诗都是在时间之外的。这不仅指一首诗的永恒价值，更指每一首诗都使恒在之物昭明振响。诗使根基性的东西成为常驻者。诗中无编年史意义上的现代意识，诗所意识到的只是现在与过去生存的分裂。正是这种对分裂的意识（有时干脆是不自觉的体悟），显出现代诗的特色。

对存在真有体悟的诗人总有一缕乡愁。荷尔德林的《故乡》，叶芝的《茵纳斯弗利岛》都昭示着回乡之路。亚平应和着伟大的诗人，在她的《猎歌》中唱道：

我为什么还要到远方去
让风到远方去吧
让月亮到远方去吧
石头寨茅草屋我古老的村庄
有我的果园和田野
有我的祖坟和牧场

"一切诗人都是还乡的。"（海德格尔语）这不仅是艺术史上的事实，更是诗人所尊奉的绝对律令。T.S.艾略特说过："历史感首先包含着一种感知。不仅感知过去的过去性，而且感知过去的现存性。"他的《荒原》全谈过去之事：渔王、圣杯。在远古神话的背景下却有对现代世界至深的感受：人与土地的分离。这就是诗人的现代意识。艾略特以最古老之事表达最新感受，这新老之间就是现代人最缺乏的历史感。思乡是真正的历史感。这大约就是柯林伍德断言"艺术进程总呈现返归趋向"的缘由。

诗只有过去没有未来。技术有未来，但技术永远有未来吗？抑或它将使一切都丧失了未来？

四

土地，田园、故乡这些根基性的象征提醒我们反思单纯之物。在贪新鹜奇已成时代标志时，赞颂单纯之物颇不合时宜。但诗人直接倾听存在的呼唤，径入恒定之处与单纯之物对话。《别躺在麦秸上》便是对单纯之物的保存与崇扬，它是田园曲中的精品。

别躺在麦秸上，我说，求你了
别把圆圆的麦杆儿压破，我要
用它为你编织一顶草帽，并把
五月的阳光一起编进去，还要
把我柔长的黑发和月光织一根
帽带，今天晚上送给你时
我就给你戴上，再插上些鲜艳的野花和野鸡翎连梦幻也用鹅卵石铺成了一条迸溅火星的路。象征单纯之物的麦秸是一种过程性的东西。它的根扎在土地上，却用身躯奉献给人类食粮。麦秸使生长过程具有形式，固结为单纯之物，连接着土地和人类。但现代性的特征之一就是漠视过程，而漠视过程则意味着切断根源。麦穗作为目的一经实现，麦秸作为过程顿遭捐弃。诗人却注视着自根基生发的过程，不起眼的麦秸在诗人眼中却金黄、饱满、完美、珍贵。她向未言明的对象哀求："我说，求你了别把这圆圆的麦杆儿压破。"重压之下的麦秸当然不会呻吟，纵然痛苦，也只能怀抱哀怨。但诗人替这以身躯奉献，馈赠食粮与人类，随后便遭遗弃和压迫的麦秸哀求。在这少女祈祷般的哀求中，诗人以诗作带出单纯之物的言说。诗人不言说而诗言说。但这诗的言说却以诗人的挚爱为代价。

诗人用麦秸和阳光编织一顶草帽，又许诺"把我柔长的黑发和月光织一根帽带"。诗人保证"戴上我的草帽你就不会长出白发"。诗人凭什么这样保证？凭她对土地的信赖。这顶用麦秸和阳光编成的草帽把天空和大地之间永恒的东西凝聚起来，以荫庇人类，这荫庇栖于诗行。为诗便是以言词建树存在，而人本"具诗性地栖居在土地上"（海德格尔语）。

诗人借形象言说，把陌生疏离的东西纳入亲熟的场景，唤到人的近旁。这陌生离异之物本是人最切近，最本己的东西，只是在人与土地的剥离中横遭遗忘。诗唤醒记忆，使人惊异于熟识之物，让往日熟视无睹的东西又成今日挚友，人终又重新面对基本问题。

人尽可以开发太空、远征异域，只是别忘了从哪里出发，别忘了脚下的土地可能正荒芜，家园可能正毁圮；人尽可以向往史诗的壮丽，尽可以去追求新奇事物，只是别漠视田园诗的宁静，别忘记手边之物弥足珍贵。文治武功，灰飞烟灭，抨棋胜败，翻复如斯，时间粉碎欢乐，被夺生命，把一切固结为历史，而惟余诗篇来构造，耕耘筑居，使人仍能依傍源头处栖居。

源头看上去总是极单纯实则极丰富的。在长江黄河的源头，你看不到川流奔腾气势，只能看见涓涓细流在荒滩上渗透着、轻淌着。临源头处，总是寂静，思至深处，只有沉默。真正的诗作总能摆脱伪理性的矫饰而保留单纯之物。诗只栖憩在深厚而单纯的土地上。

五.

我们说一个人是诗人，一定是期待他能造一个世界让我们居住。亚平是诗人，她馈赠田园让我们栖居。在这筑居于土地的田园中，我们聆听天风流荡，沃土低吟，稼禾拔节，秋虫鸣唱。于静心聆听中，我们与诗人对话，使我们诗性的生存渐入澄明。

亚平的诗绝无刻意求深之心，却把最深沉的东西呈现给我们。澄澈未必浅。我总怀疑那些专用大字眼的诗其中有假。

我们离开田园久矣，已习惯于马达、广播、口号的轰鸣、喧嚣与吵闹。在这需要以心作耳的时代，我们全然盲聩，听不到存在至大的宏声。

　　在这样的时刻，我们隐约听到从贵州古老高原上传来一声悠长的呼喊。

　　一轮明月，古今如一，但在诗人眼中，却变化万千。列奥帕尔蒂把它当作忧伤时的朋友，歌德在它的清辉中涤荡灵魂。而"海上升明月，天涯共此时"，"露从今夜白，月是故乡明"，这些怀远寄托之词又总让我们怦然心动，忧摧中肠。亚平给我们的是"荒蛮月亮"。

　　荒蛮月亮，照耀在神秘的高原上，守候着故乡的田园。你可曾准备好耐受寒夜的孤寂？

《荒蛮月亮》／唐亚平著／贵州人民出版社／一九八七年十月第一版

女性的诗学

——唐亚平论

张建建

当我准备来谈论唐亚平的诗歌时，我意识到我就要谈论的是一种已经展开在其诗章之中的"女性的诗学"。从唐亚平的诗篇来言说一种"女性的诗学"，不是因为我们已经有了一个关于"女性的诗学"的理念框架，然后再来寻章摘句为这个理念作例证，而是因为这样一种"女性的诗学"之理念，将从唐亚平的诗篇之中"涌现出来"。这既是对其诗篇所作之领悟，亦是我们准备谈论一种诗学时的谦逊态度。在我看来，诗学的理念架构在一切诗性言说之上，如果说理性的建立从物开始，那么诗学的建立则从诗开始，诗人的言说呈现出一个诗意世界，诗学则是对于这个诗意世界的言说，在这个意义上，诗人的诗篇对于一种诗学而言，则是"无仿本的"（德里达语）诗学，也就是说，诗篇本身即开展为一种诗学，它是不能被一种诗学的成规所叙述的，也是不能够被任何一种诗学之外的言说（如心理学、社会学等）所叙述的。在"诗"的面前，任何"思想"都是苍白无力的。在另外一方面，即诗人诗意地呈现世界这一方面，诗意世界的建立亦是诗人的诗学理性的建立，一诗篇即是一种诗学，是诗人对于世界的诗性理念的展开。诗的价值核心，即是诗人对于世界所进行的诗学的价值评价，在这个意义上说，诗人的活动即是一种诗学的活动，诗的意义即是诗人的一种诗学价值的展开，所谓"无仿本的"诗学，正是指明了诗篇自身的诗学价值，指明诗篇自身必得是一种"无仿本的"诗学的展开。

当我们准备讨论一个诗人之时，我们必得讨论这位诗人的诗学理念，正如卡勒所说："如果诗歌能读作对于诗本身问题的思考或探索，那么，这种诗歌就是有意义的。"①关于"女性的诗学"的讨论，我们的灵感来自于唐亚平的诗篇，我以为，唐亚平的诗篇已经为有关"女性诗歌"的诗学作出了有效的概括，这是因为，当我们展开唐亚平的诗篇的理念架构之时，一种"女性的诗学"已经涌现出来，这种诗学以其性别的经验和诗性智慧启动，为一种更为普遍的诗学提出了启示，展开了前景。当我们展示出这样一种"女性的诗学"之时，也包涵了对于唐亚平的诗性经验和诗性智慧的分析和评价，在这个意义上，我们把"诗学"作为诗人之诗性智慧的一种评价的标准，这亦是要强调指出的。

以下择其要点展示唐亚平的"性的诗学"的理念架构。

一切诗性的经验，首先便是对于存在的感悟的经验，"诗人的言辞不单只是一种赐给自由行动的建立，并且又是坚牢的把人存在建立在一个基础上的建立"（《荷尔德林与诗之本质》），海德格尔如此说道。在此，唐亚平的诗学对于存在的感悟及其存在的经验的样态的展开，即是我们在这里所说的"女性的诗学"的核心的内容。依此我们亦可观察到，唐亚平的诗篇所展开出来的存在的感悟，皆是一种"怀腹"式的感悟，由此而建立起了她的诗学之"在一个基础上的建立"的状态。"怀腹"这个观念，借自于里尔克的一首诗，在这首诗，里尔克说道：

哦，小小生物的无上快乐／永远在怀腹中，生育它的怀腹／……／因为怀腹就是一切所附／大地和我双双降雨，静静的，四月的雨珠，飘洒进我们的怀腹。／阳刚男子气度该自叹不如！啊，谁向你证明 / 我们感到的那孕育生命的一致和睦。

——转引自《里尔克》，三联版

　　如果说，里尔克反思性地揭示了世界存在的"怀腹"式的状态，建立起了他的关于存在的形而上学，那么，唐亚平的诗学对于存在的"怀腹"式的感悟，则是直观地，也就是诗意地呈现了出来，其呈现方式亦是"怀腹"式的状态。

　　"怀腹"是诗人诗意地孕护、孕藏、孕育世界的一种状态，在这种状态中，"我抱着你的头，太阳和地球也 / 在我怀中，我的心变得炽热凝重"（《田园曲》题辞，引自诗集《月亮的表情》），"像水拥抱雨 / 像雨拥抱水 / 彼此投入 / 让两个名字彼此诞生彼此镂空 / 让两个名字川流不息"（《月亮的表情·爱是一场细雨》），在这种状态中，"我是自己的憩园 / 一片孤独的风景"（《月亮的表情·孤独的风景》），这里面是山川河流，人物鸟兽，事物涌现如草木之生长，如海潮之涌动，唐亚平全部田园诗（主要收集在《荒蛮月亮》之中）的意象亦如此呈现，如婴儿驻足母腹一般，既沉稳，亦宁静。诗性的注视与诗意的展开，在诗人与世界之间形成了一个女性的"怀腹"式的关系，诗人主体与世界相互进入，以诗意的方式，默默地推动着世界的"自身开放（如花的开放）"（海德格尔语），由此展开了一种主客间浑融不二的、无执著的、未对象化的存在的境况，我这里称其为"怀腹的诗学"的境况。

　　这是一个"无邪"的世界，一切人、物、事件，欢乐和痛苦，都展开为物，人之世界亦被纳入到世界的寂静之中，是一"空言"世界的迷朦景像："田园上长满嫩芽和花蕾，从河上吹来的晚风/也分不清天上和地下，我们也分不清田园和村落/我们风一样漫步田野，一切都是新绿"（《荒蛮月亮·我们的种子下了地》），这一切亦如唐亚平所言说："我凝视的一切将化为空洞/水的空洞/光的空洞/石头的空洞"（《月亮的表情·惆怅的风景》）。这是一个具有一切"自在"的品质的世界，这里面，没有原因和结果，没有任何的暗示和隐喻，亦没有诗人，没有叙述者，没有反思，也就没有任何诗人自我的表现。此时此刻，诗意世界块然而立，大地向我们扑面而来，此时此刻，存在的经验，展开为澄明和广大，"基础"展开为原初的原始性，"超人的庄严大起大落地经受着原始的考验"（《我信任夏天》，白《月亮的表情》）。此时此刻，存在之诗亦深重地展开，展开为"物物之生，物完成物之为物"（海德格尔语）的广大之诗，其"生生不息"的广大推动之力，推动着生命之孕育和孕护的存在之境况的展开，唐亚平的诗意世界，在此成为生命存在的世界，因此建立起了唐亚平的"女性的诗学"的"基础"。

"立于大地之上并在大地之中，历史的人们在世界中奠定了其居位"（海德格尔《艺术作品的本源》），当诗意作品被归返于大地的本质之时，那就不仅仅是说，作品所承担的那些题材内容以及意象意境之类被表现的对象必得具备大地的品质，它同时也是说，作品在注视或叙述大地的情形之时，也就是大地性的。诗人的注视方式就是使大地向人生成的秘密："我赤裸着母性的温柔

/ 和波浪一起用胸膛拥抱岸"(《月亮的表情·五月的湖》),"岸就是波浪 / 永恒的岸就是永恒的波浪 / 岸是无始无终的宇宙 / 波浪是无始无终的宇宙 / 太阳举起一千只充血的手臂"(《月亮的表情·二月的湖》)。一种"拥抱的诗学"揭开了诗人与世界的深邃而平静的关系,通过诗人的"拥抱",大地与人得以共同展开。唐亚平的诗学由此揭示了诗人投入存在的一种女性的方式——"拥抱"。

"怀腹"的状态亦是一种"无我"的状态。犹如女性之怀腹使婴儿与母亲浑融无间,女性的怀腹使得世界展开为一"真纯"的世界。"真纯"即是"无为","天无为以为清,地无为以为宁,故两无为相合,万物相化"(《老子》),唐亚平的众多诗篇,其叙述的气氛多是平淡、收敛、宁静的方式,诗境中那些欢乐、伤心、难过、忧郁等等,都被笼罩在朴实沉静的言说之中,不论是言说日常生活情景,还是言说情绪、心境,抑或是存在之深思,人都会被溶入到一种自然的解决之道。在其田园诗中,她这样来看人之没入自然:"没想到要躲藏,尽管知道该隐藏 / 让人们看见吧,我们是到田野去"(《荒蛮月亮·没想到要躲藏》),在这里,自然 / 田野,成为人的理由;在《意外的风景》中,她如此来看待女人的自我意识:"仰天而卧的女人 / 闲置的躯体一片荒地 /……/ 在果实与果实之间 / 做荒凉的美梦 /……/ 天空这样体贴我 / 我这样体贴大地 /……"(《月亮的表情》)在这里,"大地"成为女人的理由;在《二月的湖》里,她这般表达人没入自然的期望:"我来自山的高深处 / 我注定向最低矮的地方了寻求归宿和平静"(《月亮的表情》),在这里,"湖的瞳孔里沉淀着整个宇宙",从而成为人的理由;在《黑色沙漠》里,她这样言说女人存在的神秘:"我的眼睛不由自主地流出黑夜／流出黑夜使我无家可归／……／在夜晚一切都会成为虚幻的影子／甚至皮肤／血肉和骨骼都是黑夜／……／天空和大海的影子也是黑夜"(《黑夜·序诗》),在这里,黑夜／神秘,成为人的理由,"所有色彩"皆"归缩于黑夜",这"虚幻的影子"。自然的解决之道,展开在唐亚平全部诗篇之中,其坦白自在的心境,泯化了人世的一切紧张,从而将人的事物归属到大地之中,人与世界两相化合,存在的境象亦展开为"真纯",就像在女人的怀腹状态之下,婴儿与母亲同时呈现为怀腹时的真纯,母亲或诗人,亦成为"怀腹"时的"无我"的母亲或诗人,所谓诗之"无我之境",在此具备了存在的诗学的性质。

"怀腹的诗学"也表示了一种"身体的形而上学"(梅洛·庞蒂语)。就我所知,将身体作为诗意世界的主体,或者将身体作为存在的依据,甚而将身体作为诗的书写来予以注视,在当代诗人中是非常少见的,同时将"身体"展开在存在的领悟的多层面之中的诗篇,亦特别少见。可是这却是唐亚平的诗篇的主要特色,亦是唐亚平的诗性经验和性别经验在其诗性智慧中展开出来的主要特色。诸如下列诗句,在唐亚平的诗篇中比比皆是:"我身上阴云密布"(《斜倚雨季》),"我身上的潮汐,为你兴风作浪／为你挥霍所有的时光"(《爱是一场细雨》),"我在身上设置天堂和地狱"(《眼下的情形》),"我身上的好风水／被海涵养"(《老风水》)等等。作为诗意言说的"身体",在唐亚平的诗性智慧照烛之下，成为"怀腹"式地召唤世界的一个方面："怀腹"是将世界归返于诗意世界，而"身体"则是将诗意世界归返到世界之中去。诗学意义上的"身体"，既表明写诗的主体立场，亦表明诗意方式与世界的亲密，同时亦隐含着世界的"道成肉身"的存在景像。在此而言，诗人表达一个世界，也就是在"身体性"地进入一个世界，"身体的形而上学"亦是一种主、客圆融的存在的诗学，正如梅洛·庞蒂所说那样："由于身体在看和在活动，它便让事物环绕在它周围，事物成了身体本身的一个附件或者一种延长，事物就镶嵌在它的肌体上面，构成它丰满性的一部份。"(《眼与心》)

在唐亚平这里，虽然"我身上气象万千"，但是，"唯我独有的符号泄露天机"(《自白》)，对于身体意象的诗意言说，在更深邃的意义上透露出了存在之诗的消息：由于以"身体"作为"基础"，世界便成为诗人的世界。此时，身体的经验，便是存在的经验，亦是诗性的经验，一切诗意表达的对象，如情绪、意识、意念、事物、事件等等，它们只是诗意本身的附属物，在存在之诗面前，它们自然只是不能确指的，不能称谓的，随生随灭之"物"，在诗的视野里，只能是诗之意义的派生物。以一种"身体的诗学"的立场，唐亚平不仅全面地展开其"女性的诗学"的理念内涵，而且亦表现出其对于存在的领悟的超迈的境界——一种"自己的肉体上的体验"(伍尔夫语)的诗意展开，在存在领悟的境界上，相对于所谓"精神性的"诗意展开和"意识性的"诗意展开的超迈的气度。

在唐亚平的诗学里，诗人写诗，或者诗的语言，同样被赋予了存在之诗的意义，亦同样是以"身体"为"基础"而一以贯之。她这样写道："一张纸飘进河流／一张纸飘上天空／此时我亮出双掌／10个指头10个景致／……／我的皮肤是纸的皮肤／被山水书写"（《自由》）。这首诗，诗人解脱了写诗的意义：写诗是自己"身体性"的"亮出"——"10个指头10个景致"，当其"亮出"（海德格尔说的是"启明勺之时"），那"唯我独有的符号"——即"身体性"便说明了这种诗意写作的一切秘密。在"身体性"的"基础"之上，一切诗意的言说皆是对于存在的"献祭"："我，身为祭坛"（《心》），"我一身是名字的墓园／那最终是我的名字／我的名字生所有的名字"（《一个名字的葬礼》），一切言说皆是对于事物的"命名"，"彼此投入／让两个名字彼此诞生彼此镂空／让两个名字川流不息／……"（《爱是一场细雨》）。诗人已说出的只是"名字"的"川流不息"，"就这样——留下遗迹／被神废弃"（《心境》），当语言完成其献祭，块然而立的则是"身体"。

在唐亚平这里，诗语的写作，只能是存在的"泄露"，没有"存在之外"的言说，尤其是没有"命名"式的言说，写诗只有一项价值，便是与存在的"相遇"。写诗是一种"泄露"，在梅洛·庞蒂那里得到更多的强调，他这样说道："一个内心的，或萌生在活的身体当中的意义的这样一种泄露，如我们将要看见的，延伸向整个可感觉的世界，而我们的目光，被身体本身的经验所提醒，在所有其他'对象'当中，重新找到了表现的奇迹。"此处所谓"表现的奇迹"，是指明一切言说，皆是与存在的"相遇"，是通过存在的"泄露"而与存在境界一以贯通——不论诗人企求表现什么，它们都将是存在的"X"，是恒常不动的世界的种种变相。唐亚平展开这些"对象"，皆依循其诗学的理路而一以贯穿，如组诗《黑色沙漠》《意外的风景》《月亮的表情》等诗篇，皆是其诗学的"表现的奇迹"的展开，是其一切"可感觉的世界"的存在性的展开。这些"可感觉的世界"，唐亚平一如既往地予以了感官性的表述，如："这蒙昧的天气最容易引起狗的怀疑"（《黑色沼泽》），"是谁懒洋洋地君临又懒洋洋地离去 / 在破瓷碗的边缘我沉思了一千个瞬间"（《黑夜眼泪》），"这里到处是孕妇的面孔 / 蝴蝶斑跃跃欲飞 / 恶梦的神秘充满刺激 / 活着要痉挛一生"（《黑色石头》）等等。这些表述指明其叙述的"身体性"的特征。另外，"身体"的某些状态，亦是展开其"可感觉的世界"的重要方式，例如，"睡"与"慵懒"，不仅仅是某种情绪的表征，同时也是"身体"的一种存在状态："被子在深夜发酵 / 不同的懒散同时膨胀 /……/ 我身临其境，任酣睡表演死亡"（《死亡表演》）。另外，如"触摸"、"吊落"、"倦"、"躯体"、"抚摸"、"胖"、"怀孕"等等意念和意象，皆是其"身体性"经验的诗意表达的"对象"，由此架构起唐亚平诗篇中的一切"对象"的存在性的意义。

在这些表达之中，风景、自然、生活场景、意识、情绪，甚至"爱情"等等，更加富于"私人性"和"隐私性"，充分展现了如海德格尔所说的"沉沦"的样态。"沉沦"这个样态，是从迷漫浮向澄明的必由之路，是存在从世界的存在向人的存在降落的路径，于是其中必定包含着存在的展开的轨迹。其情其状，正如唐亚平所写那样："洞穴之黑暗笼罩黑夜／蝙蝠成群盘旋于拱壁／翅膀煽动阴森淫秽的魅力／女人在某一辉煌的瞬间隐入失明的宇宙"（《黑色洞穴》）。在这里，"沉沦"不是存在的对立面，亦不是非存在，而是存在展开的样态。这些诗篇虽然表现出其向女性存在的历史、社会、情感、性、男人等等维度的延伸，亦有许多意识性的"反叛"在里面，但是，它们并不是如人们所臆想的那样，这是一些"狂荡的诗"，是一些"反叛的诗"，是一些"抗议男人"的诗，是一些"女性自主意识的觉醒的诗"，等等。这些诗篇中最主要的意象和叙述提醒我们，"女性的身体"的自身经验及其活动的样态，仍然是这些种种维度的基础，是其诗性经验所探索的重要的"可感觉到的世界"，是唐亚平的"身体诗学"的延伸。这当中，并不特别表示某种"批判的意识"，更不特别表示某种"女性的自我意识"。就唐亚平的存在领悟来看，这一切不过是"某种仪式／被神排练／一场灾难被神预演"（《胎气》），在世界的存在的"寂静缓慢"（海德格尔语）之中，存在便是"天地不仁以万物为自狗"（老子语）式的无善无恶，是"摸不准阴晴"式的含混、迷漫、沉沦。对于"身体"的沉沦，女人从来不作判断，不然便丧失了其通往世界的道路，因此，一切有关于"身体性"的表述，在唐亚平这些诗篇里都占据重要地位，在其诗学视野里，这一切表述都依然闪烁出存在之诗的光辉。

在这里，我要强调的是，"沉沦"的样态是具有悲剧性情调的状态，隐藏着对于存在的"宿命"式的接受和顺从。纵观《黑色沙漠》、《意外的风景》、《月亮的表情》这些诗篇，其浓烈的忧郁气氛架构了它们的基本情感模式。这亦是唐亚平全部"女性的诗学"的基本情调,其中原因,自然与"身体"的速朽性有关联。然而,正是这种情调,构成唐亚平诗学的隐蔽的生命意义和超越性价值的基础,我们亦可由此而感受到唐亚平全部"存在之诗"的内在超越性的精神趋向。

经由"怀腹"和"身体"的观念而启发的诗学,自然具备了对于一种"女性的诗学"的象征式表述。一如女权主义者爱说的:"显然,妇女不像男人那样写作,因为她用身体说话,作品来自于她的躯体。"(埃苏娜·西苏语)也如梅洛·庞蒂所说:"世界的问题,也可以从尸体的问题开始,就在于一切均现存地存在着。"这种"女性的诗学"在写作的方式和写作的意义上,都被置放到了存在的终极状态之中,由此彰显出"女性的诗学"对于普遍的诗学的启明作用——一种最"无邪"与"无思"的诗学,其精神,直溯至《诗经》年代。

当一种"女性的诗学"建立之时,即是与其他诗学话语产生差异之时。此时,性别的差异则具有了对立的性质,唐亚平对此具有自觉。当她准备叙述一个女性的"黎明前图腾的梦境"之时,她立刻写道:"不能让那只鹰在山顶上俯视这片田地,这片刚播种的田坝"(《高原女人·黎明前图腾的梦境》),这是一种强烈的"身体"的警觉,出自女性的身体的直接反应,正如其在《黑色洞穴》中所抗议的那样:"那支手瘦骨嶙峋 / 要把女性的浑圆捏成棱角",要"转手为乾扭手为坤"。这种反应,无疑指向另一种诗学的话语——男人的、男性的、男性指向的话语、文明、意识和经验,亦指示出这另一种话语的"迫害的"性质。这是对于自己的诗学的一种自觉,因此,唐亚平立刻又补充道:"虽然鹰的眼睛锐利刺骨／女人们却有更加锐利的舌头"(《高原女人·黎明前图腾的梦境》),奇妙有趣的比喻和比较,不经意间便揭示了"女性的诗学"的话语的力量。虽然"女性的诗学"具有对于普遍诗学的启明作用,然而其话语的建立必定带来批判的动力,对手当与今"女性诗歌"讨论中的浓重的"男性指向"有关,唐亚平的诗学或能作为建设性的意见,而对这些"男性指向"的诗学予以有力的批判和有益的启示?这亦是我们参与"女性诗歌"的研讨的最初的想法,希望人们由此而能注视到"诗"之隐而不彰的局面,以及由此而能再次归返到对于诗的本质的期待之中。

注释:

① 《结构主义诗学》,中国社会科学出版社1991年版,第264页。

1981—1984

忏悔

向小草忏悔

我失去了它的天真和顽强

向小路忏悔

我失去了它的曲折和幽静

向小溪忏悔

我失去了它的清澈和激情

向大海忏悔

我失去了它的坦荡和从容

向高山忏悔

我失去了它的沉着和险峻

忏悔 忏悔

但我绝不向人忏悔

因为啊

正是人

给了我无尽的忏悔

1981

月亮的回忆

每一个鹅卵石我都用脚踢过用手抛过
上弦月重叠在河湾
倒影透露了岸上的谜语
只剩下星星的回忆
每一个鹅卵石都是我坚实的起点

为了点亮雾中的灯，我也不诅咒风
我来时，不知道我要走
我走时，不知道我要来
为了鹅卵石敲碎的星星
我又来了
我知道，我们都想来

1981

日出

只剩下一只充血的眼睛

远处的电线网在朝霞里化为血丝

褐色磁瓶一个绝缘瞳孔

无数地平线缠绕地球

猫抓着祖母的纺线团儿打滚

红色的小皮球掉在澡盆里

溅起卑污的水珠

红宝石属于魔王

只会在贪婪的注目中放光

白炽灯冰裂

蜡烛里没有灯芯

远处走来陌生的秃顶人

打着一把红花伞

1981

小院

紫罗兰的高雅枯萎
仙人球带刺沉默
金边兰镀金的锯齿
撕扯小院的平庸
泡桐树的浓荫涂满房顶

母亲提起早晨提起占便宜的白菜、鸡蛋
从容的脚步转过米缸、油罐、水龙头
笨重的菜刀在砧板上唠唠叨叨
鸡蛋汤叽叽咕咕

大姑娘醒了　懒腰悠长
美梦被炊烟熏得金黄
心不在焉地和镜子对没完没了的话
露出训练的微笑
侧头现出白嫩的小耳朵
从来没听见过母亲的呼唤声

爷爷把小院留给爸爸
爸爸把小院留给我们

1981

诺 言

小时候我们就说好
在五月的石榴树下相会

还记得我们把核桃藏进耗子洞
我们猜忌过
整天没说话

小时候我们就说好
在五月的原野上相爱

还记得我们把爱情藏在诗行里
我们猜忌过
只有诗说话

小时候我们就说好
在五月的星空里种下白桦树
还记得我们把种子藏在墙缝里
我们猜忌过
永远没说话

1981

死海

海鸥飞得多迷茫

船帆浮尸一样停泊

死海上没有风浪

天空冰一样凝固

苦咸的盐和浮力

一切沉重物也只能漂浮

美人鱼露出洁白的肚皮

乌贼喷出大股大股的墨汁

（被渲染的云倒显得凝重）

大陆架崩塌，新大陆和旧大陆 疯狂挣扎

到处有小鸟

到处有鸟巢

只有海水流浪

一切赤裸的已经隐藏

一切隐藏的已经赤裸

太阳底下没有新东西没有旧东西

一个男人是所有的男人

所有的女人是一个女人

1983.1

如果那朵玉兰花注定要凋谢

——你死在印红十字的病床上　　在玉兰花还没有凋谢的时候

如果那朵玉兰花注定要凋谢

我就不乞求风只是微微地吹

我将在你的病床前沉默

不问询，也不流泪

被子和床单印满红色的十字架

你的血液把色彩涂得更浓厚

癌细胞吞噬了你泛白的梦

无影灯下，姑娘，不觉得孤独吗

在没有影子的世界里

一切更真实得可怕

这首诗是写给睡在我下铺的同学的，她在大学毕业前三个月因癌症去世，这是我第一次经历如此亲近的死亡。

只剩下骨头了，你知道会死的

耐心地用炭笔在日历上一页一页划十字

让昨天背着十字架

今天背着十字架

明天也背着十字架

没有伤口，血从什么地方流逝

是命运喘着粗气蒸发了吧

你平静地躺在 死神的襁褓里

躺在有十字架的床单上

盖着有十字架的被子

一切来探望的人在给你最后的折磨

你从那些满面哀怜的愁容上
看到的是红润的光泽

多闻闻这些鲜花吧
这三月里洁白的玉兰花
在灵魂长眠的时候
一切花都是纸做的

多听听这些鸟儿的叫声吧
这三月里布谷的歌唱
在灵魂永远静寂的时候
一切声音都是鬼话

黑暗使人恐惧，恐惧使人闭上眼睛
一层更深一层的恐惧，一层更深一层的黑暗
而眼帘是单薄的，挡不住黑暗的单薄
如果那朵玉兰花注定要凋谢
我就不乞求风只是微微地吹
我将在你的灵床前沉默
不流一滴泪水，也不道那声告别

1983.3

田园曲〔组诗〕

我们来到土地上

我们来到土地上的时候，父亲
他告诉你，五月是收获的季节
在这片土地上，我们用成熟的
麦秸和麦粒，在夏夜的星空下
在土地上写一页金色的五线谱
于是月光洒下一片蛙鸣
哼唱着麦浆般清甜芳香的田园曲
我们下地干活的时候，母亲
她对我说，十月是收获的季节
在这片土地上，我们用带谷穗子的
稻把，赶在秋天的黎明前
在土地上写下一页金色的竖行字
于是阳光拨响所有的琴弦
吟唱着米浆般温馨圣洁的田园曲

嚼酸酸草的姑娘

我是那个嚼酸酸草的姑娘
说真的，田埂上长满苦艾
夏天有那么多欢乐的虫子扑着翅膀

嗡嗡营营，汇聚在我们坐着的
山坡上的好地方，我想把它们赶走
想求它们安静些，别来打扰
我们的沉默，萤火虫固执地
飞来飞去，照亮了你
月光清洁地抚慰你燃烧的脸膛
唉，别压倒了那片牛蒡，明天
我要到这里来割牛草，哦晚风
把天上的星星一颗一颗吹亮我们
一直望着启明星走回家去

土地开花的时候

土地开花的时候，你也想
着意地打扮我，给我采来花儿
这熟悉的土地上，真的没有
不知名的花，任你叫我什么花吧
我会全答应，我知道这片土地上的
花儿，从不出卖，一直都让她尽情地
开放，蜜蜂和蝴蝶也是会歌唱
会飞翔的花儿呀，我这农家的姑娘
是为了看小河里的桃花汛才来到岸边

春天你就赤脚耕犁了冬水田，不冷吗?
你说红花是火黄花和蓝花也是火
有谁把花看成火的? 只有庄稼汉啊
山岗上鲜花盛开，是我高耸的头鬓
我就知道你会上山。

选谷种的时候

选谷种的时候，我也选择了土地
土地是贫瘠的，种子就更要饱满
汗水就要含更浓的咸味，在堆满
土豆的地角，你弯着古铜色的腰
我就按着你的背脊说：这里埋着
白银。请不要苦笑，我的话是
真的，去年在坡地上挖红薯的时候
你就相信了那儿有黄金，庄稼汉
把我的胳臂当做你的扶犁手把
我们一起耕耘，在这片长刺的黄土地上
我的衣襟里兜满种子，快在地上
挖些窝儿，这是种子渴望的归宿
也是田野希望的开始，我握着种子
弯下腰，向你和这土地鞠躬顶礼

别躺在麦秸上

别躺在麦秸上，我说，求你了
别把圆圆的麦杆儿压破，我要
用它为你编织织一顶草帽，并把
五月的阳光一起编进去，还要
用我柔长的黑发和月光织一根
帽带，今天晚上送给你时
我就给你戴上，再插上些鲜艳的野花和野鸡翎
知道吗？戴上我的草帽，你就不会
长出白发，明天早上我要最先
去会见太阳，请求它把金发送给你
我喜欢你有太阳味和汗味的头发
我抱着你的头，太阳和地球也
在我怀中，我的心变得炽热凝重
连梦幻也用鹅卵石铺成了一条迸溅火星的路

插秧的季节

是在昨天，黄昏披着一件鲜艳的衣裳
从高粱地里飞过来，于是
我才取下斗笠，用手遮着西天的阳光

张望，你站在水田里的形象
金子一样闪烁，额头上缀着
辉煌的汗珠，老黄牛打哈欠了
你却用口哨唤来了凉风，我的
头发上溅满泥浆，这是插秧的季节
我把秧苗插满你耕犁的水田，我喜欢
你唱着布谷鸟那简朴的歌，你吆喝着
牛儿时，我也加紧干活，想望
炊烟飘到你的牛筋鞭上，我们一起
回家吃晚饭，然后到河边洗衣裳
再为你的汗巾绣一朵山菊花。

水车哟，别讲我们的故事

那些高楼大厦，单元套间的平方米
装得下什么？也许还容不下我们
一支简短的山歌。只有土地是无边无际的
容得下我们的欢乐和辛苦
风吹日晒的黑皮肤，已和土地一个
颜色。亲亲我的前额吧，像
亲吻土地那样；吸去我脸颊上的泪水
像太阳吸干禾苗上的露珠，小河边

日夜旋转的水车哟，快些把祖先的
故事讲完，而我们的故事求你
别再讲，我们自己会写在土地上的
谷粒和麦粒，土豆和黄豆就是
我们的文字，我们修的水闸会在
来年插秧的季节激昂地宣读。

没想到要躲藏

没想到要躲藏，尽管知道该隐蔽
让人们看见吧，我们是到田野去
土地永远是袒露的，我们吃着她袒露的
果实，在插秧打麦子的时候
我们的汗水和阳光渗透了土地
这里没有禁果，田鼠也被
黑猫衔走，在留下麦茬的田地里
爽朗的布满鸡群和羊群，拾麦穗的
姑娘唱着明亮的山歌，那是为我们
歌唱的，为赞颂生活在土地上的人们
我们在土地上相识相爱
在收割的时候举行婚礼，自然如
土地上的一草一木，坦荡如一片片的

庄稼地，甚至没有在合欢树下约会

土地上的婚礼

没有人参加我们的婚礼，只有我和你
只有这片土地，这是盛夏割麦子的
季节，是水田里插满秧苗的季节
我们吃着米糕和面饼
整个田野是我们的新房，麦地里的
蟋蟀为我们歌唱，稻田里的青蛙
为我们鼓鸣，太阳点亮红烛和我们的
眼睛一样辉煌，飘满野花瓣的河水
以透明的激情和温柔演奏了婚礼
进行曲，直到蓝色的夜降临，繁星
在空中盛开礼花，月光倾洒了
久窖的美酒琼浆，这是盛大的婚礼
田野的喜庆多热闹，土地上的生灵都
喝了我们的喜酒，送来深厚的献礼和祝福

幸福在土地上

花朵没开放的时候，我们就知道
幸福在土地上，我们会幸福的
这是我们庄稼人的愿望
这是泥土的恩赐
凭着你种子般自信的眼睛，
凭着你粗壮的手臂，还有我哩，
我有着种子般诚实的心，有双
勤劳灵巧的手，每天早晨
太阳为我们升起，我们就
一起下地，你扛着锄头牵着黄牛
我拿着镰刀赶着羊群，
你喊号子的时候我唱起山歌，
那幸福的禾苗属于我们，
那幸福的收获属于我们，
田野上的幸福永远属于我们庄稼人。

叫我的小名儿吧

不论在家里在人群里，你还是
叫我的小名儿吧，像早先一样

叫我巧儿。我要永远叫你勤娃
或者"青蛙",这是土地上最美好
最亲切的名字。种稻谷的时候,
把我唤成你的小秧苗,摘葡萄的
时候,把我唤成你的青萄葡
我会在雨中喊你石榴树,在风中
叫你白杨树。这土地上的名字,
也都是我们的名字,很久很久
以前,这田野上的名字就代代相传,
传给叫黑牛的爷爷,叫芋头的
父亲,勤娃,把田野和田园的
名字给我们的儿子和女儿吧,
土地上又会生长无穷的美好的名字。

让夜静悄悄的

在我们安宁的农舍,点着青油灯
抽你的旱烟吧,叭嗒叭嗒地
我爱嚼着炒黄豆,咯嘣咯嘣地
夜晚从来没有白天长,要说的话
我们当着土地说,让夜静悄悄地
让你的鼾声歌唱吧,望着你起伏的

胸膛，我知道了禾苗在成长，想象起
绿色的波浪和金色的波浪，明天
我要早早地起来，为你烧好有黄花的
鸡蛋番茄汤，煮好豌豆饭
上午我要挖完那片土豆地，下午我要
种棉花，晚上我要剥青豆，喂，替我
捋一捋汗湿的散发，匆匆地笑一笑
利索地擦去汗水，笨拙地拈去草屑

我尝出了阳光的苦味

盛夏的浓荫，铺满了杨槐树下的小路
只有在下地和收工时 从这里经过
农忙啊，只有树阴是悠闲的
炎热的风，火焰一样燎人，汗水和
疲倦一起不断地溢出，太阳最得意的
时候，麻雀也恭顺地沉默
我们什么也没说，像去年冬天一样
镰刀闪烁的是寒光吗？水牛泡在河水里
那么沉重的笨家伙，在河里
游来游去，放牛娃吹响了
柳笛，清凉清凉的笛声啊

请喝碗凉水吧，水听了我的话不再冰凉
你不断地用衣角扇起带体温的
咸风，我尝出了阳光的苦味

我的丈夫病了

我的丈夫病了，昏沉沉地倒在床榻上
厚重的嘴唇张开着，大口大口地
喘粗气，不时地用拳头捶打古铜色的背脊
我们的儿子惊恐地站在床边哭喊
我流着虔诚的泪水，为他熬一满碗
黄澄澄的草药，他吃力而急切地呼叫着
高粱酒，包谷酒，那是我们自酿的酒
他说只有酒能使他好起来
我的丈夫喝了三碗高粱酒五碗包谷酒
然后红着脸流着汗水睡去
并把小儿子搂在怀里，在一盏油灯下，
我守候了一夜，鸡叫的时候，他醒了
一个懒腰和哈欠把昨天忘记，我的丈夫
结实如板地，他不会病的，我也没到土帝庙去烧香

秋天

有什么比秋天的田野更壮美
到处都是果实，到处都是收获
你土地般深厚的胸脯成熟富有
你站在高高的草垛上，真不敢仰望你
不敢仰望你的神圣和雄伟，可是别忘了
我是土地的女儿，明年的今天
我将是土地的母亲，我要自豪地
用所有果实为你命名，
你是属于土地的，有什么能比
秋天的田野深厚，土地的儿子
即便成了大丈夫，也会把头埋在母亲的
怀抱里吮吸秋天的乳汁，来，让我抱抱你
让我的手指摸索在你乱草般的发丛里
找出那颗秋天的胎痣

雪花覆盖了冬麦

雪花覆盖了冬麦，让田间包裹着
圣洁的温暖，母亲总不让白发
飘散，和儿孙们围坐在火塘边

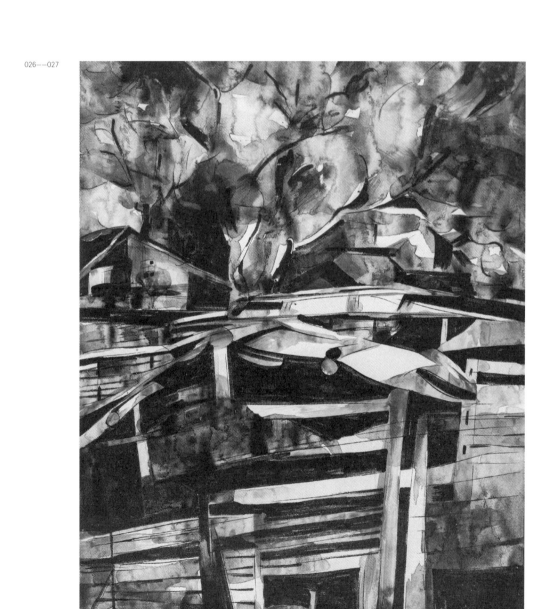

烧土豆的小兄弟，忧虑地望着
白茫茫的原野，火焰熔进他的目光
映红一支阴郁的歌谣，在一片
没有脚印的雪地上，我的小兄弟
我不能告诉你，雪莲花
已经开放，你背起破旧的猎枪
喂，我英俊的猎手，雪地上有什么踪迹
有一个古老的传说，采雪莲的姑娘
把羊皮袄送给了冻僵的狼
母亲不会阻拦你，你去吧，她知道
你会夺回羊皮袄，找回那姑娘

母亲曾忘记了她有多少乳汁

支支扭扭的木房子和依依呀呀的
水磨在无休无止地转动，豆浆和
包谷浆汩汩地流淌，昨天的深夜里，
老母猪生下了十二只小猪，多么
可爱的活宝哟，白的、黑的、花的……
唧唧咕咕地拱动老母猪涨得通亮的
乳房，而且刚好有十二个乳头
她自己就知道有多少乳汁就生多少

孩子，我们作主人的，真感激

她的心计，啊，你在想什么，丈夫？

我明白你家里有很多兄弟和姐妹

我们的母亲曾忘记了她有多少乳汁

唉，过去的事已久远，别伤心，男子汉

提起豆浆喂猪去吧

新米饭

吃第一顿新米饭，我虔诚地把

你的土碗盛得冒尖，虔诚地端到

你的面前。我的土地爷，你用

竹筷子一粒一粒地吃着，要嚼出

每粒米的香甜，你憨厚地对我

粗鲁地一笑，就大口大口地扒光

碗里的米饭，你说：汗水也是香甜的那还是

多年前，在小河边的草地上

我对你说过月光如泉水一样清甜

我们都没有说错呀，土地上的人不会说

错话，我们的儿子拿着两大块金黄的

锅粑，跑到田坎上香香地

嚼着，我们再喝碗浓浓的米汤吧！

孩子坐的地方都是伊甸园

茅屋里辛劳的主妇，土灶一样沉着
我的丈夫肩膀宽厚，你的大手粘满泥土和
浦公英的种子，看着你的手，我变得
无忧无虑，布满阴影和疲倦的
前额，为你的注视重新高洁光亮
我们那爬在田坎上的儿子，呀呀地
在说些什么？一只苹果落在
他的头上，儿子的哭声多么吉祥
带来惊奇的果实，那是只
半边红半边青的果实，你说
红的那边是太阳晒的，我说青的那边
镀满月光，孩子坐的地方都是
伊甸园，让他啃那只苹果吧

放牛娃是我们的儿子

小河弯弯曲曲，杨柳树和竹子
优雅高傲，五岁的放牛娃是我们的
儿子，他骑在牛背上，并且伏下
小胸脯，搂着牛脖子，体验牛脊梁的

笔直和力量，他没有小牛犊那么高大
孩子坐在河边沉思自己的矮小，
然后严肃地走进父亲怀里，沉着地
提出问题："人为什么没有牛大？"
"傻儿子，牛比人的力气大"父亲的回答
一股呛人的旱烟味，从此，孩子不再
问父亲，我对儿子说"牛是横着长
人往高处长，牛比人大
人比牛高"我的回答如炊烟飘散
我的孩子仍然默默无语

我是不会说笑话的妻子

我总是在歌唱你啊，闪金光的
太阳，我的目光和你的目光在
阵雨里搓揉拧成一股，于是我的
丈夫拉着这金色的纤索，从早晨
拉到晚上，太阳就向我们背过脸来
再也不知去向，丈夫的红坎肩
愤怒地扇起晚风，他不明白月亮
也会带来阴影和哭泣，丈夫说月亮
比太阳还热情，他说月亮做梦的时候

就变成了太阳，我是个
不会说笑话的妻子，只知道
第一个山坡上，有个火光熊熊的
烧炭窑，只知道第一根田埂上
有一朵黄色的野菊花

银花花的小蚕儿

桑葚，红的和紫的桑葚珍珠一样
孩子们一颗一颗地抛进嘴里，把
牙齿和嘴唇染乌了，我还要采一竹篮
桑叶，没有时间品尝一颗，银花花的
小蚕儿脱去了第三件衣裳，在铺绿叶的
蚕床上沙沙地歌唱，通体透明
如绣花姑娘的手指，我的白净的小女儿
守护在蚕床边，一只小蚂蚁也逃不过
她的黑眼睛，蚕儿吐丝了
无声地编织她的梦境，绕啊绕啊
在欢欣的梦里，月亮也吐出千丝万缕
在黑夜里萦绕，蚕儿抽尽心血后
选就了她圣洁的归宿，我和我的小女儿
也想归宿在月亮里

古井里的水

从古井里打出来的水，鲜亮清甜
每次汲水时，感到乳房也很
充实，我们每天吃着古井里的水
孩子每天吮吸我的乳汁，我们一起
摇着轳辘，为打麦场上的乡亲送凉水
这口古老的井永不枯竭，如这片古老的
土地永远长出鲜嫩的禾苗，这古井里的灵光
充盈了我们的眼睛，你粗犷的歌声
从井底传来咕咕回音，我们一起趴在
井口，在幽凉的水面照照晒红的脸
绿色苔藓如活生生的岁月，向我们
漂来，我们的笑容和忧伤融合在一起
我们又用木桶把苔藓荡开，荡开一片
有蓝天白云的画面

草垛不安地冒烟了

沉闷的天空低垂着铁灰的脸，鸟儿
也不歌唱，禾苗也一动不动，风烦躁地
远去，土地上有几个懒洋洋的的庄稼汉

小村庄寂静地躺着，没有炊烟
圈里的猪不省人事地睡去
老黄牛卧在山坡上，垒起一堆沉重的
黄土，草垛不安地冒烟了，公鸡也
不打鸣了，没有歌声和笑声，小河也
疲惫涣散地皱着长脸，沉闷
田野上的沉闷呀，蛙鸣声吹破了
水田里的气泡，我的丈夫一声不响
一碗一碗地喝白酒，于是夏天的雷
和闪电撕破了不透气的云层
丈夫向我发怒后又哭着倒在我怀里
天黑下来，暴风雨就来了

下了九天的雨

下了九天的雨，刮了九天的风
我倚着低矮的木门，又是黄昏时分
太阳只照着一半衣襟，出远门的丈夫还
没有回来，他离家半年，没有信
捎回家，大雁一群一群从茅屋顶
飞过，影子也没留下，只留下一片
缀血斑的羽毛，风吹着它飘飘扬扬

落在我的头发上，我撩起衣襟
擦着眼泪转身回屋纳起鞋底
一针一针地扎，把祝福和幽怨一起
扎进去，一针一针地抽，把忧虑和思念
一起抽出来，丈夫出的是远门
是很远很远的地方，他早该回来了
他早该回来了，现在还在路上

没有浮力的水呀

绵绵阴雨和哗哗的暴雨，把我们
的田坎冲垮，雨水河水流成
片，把房前的独木桥冲走了
洪水汹涌而来，田野
一片汪洋一片荒凉
禾苗沦为水草，猪狗牛羊一起嚎啕
山就是岛，惊惶的鸟儿
找不到栖息的地方，太阳仿佛永远
沉没，温暖和光明的重量都是
纯金的重量，没有浮力的水呀
穿七件彩衣的虹啊，弯下她美丽的头
虹啊，戴上这洪水这液体的云朵走吧

在淤泥和沼泽地上我们要重新播种

田野上的离别真多

田野上的离别真多呀，多得像
田野上的相会，一年一度的离别
稻子黄了，穗子上缀满金珠子走了
在秋天，带着这土地的馈赠，它们在
高远的月光下离别。那些有针芒的
麦穗，田野上最美丽的公主
在热情的夏天走了，这是土地上的
离别，饱满成熟的离别，如夏天
和秋天的性格。再见的时候还是
那么多，麦苗如少女在冬天和土地相会
秧苗如母亲在夏天和土地相会
这是土地上的相会，激越而年轻
如冬天和春天的品德
山冈上的合欢树永远在歌唱

我只能让田野安静些

你在田野上风一样怒吼
我的庄稼汉，我像熟习雷声一样熟悉你的怒吼，
你的愤怒，使桦树林也瑟缩发抖，我的丈夫呀
你的泪水火一样烧灼我，我是你
弱小的妻子，我擦不干你浑浊的汗水
你怒吼的时候，我只能沉默
你苦闷的时候，我只能沉默
我是你不会说话的妻子
我不能使你高兴，不能使你安静下来
我不能安抚你不能止住你的泪水
我只能让田野安静些，让
我们的儿女安静些，我巴望你
在这土地的安宁里获得安宁

黄昏从炊烟里飘来

这手中有鲜花的季节，炉火红润而安详地
燃烧着，磨菇汤在铁锅里热情歌唱
蓝花的小瓷碗，星星般排列在

灶台上，我的微笑火一样新鲜
我等待我的男人归来，把这顿简朴的晚饭
吃得又香又甜，黄昏从炊烟里飘来
我丈夫拖着沉重的脚步回来
满面倦怠却捧着一兜鲜活的青菜
他走进小厨房，渴着汤
滋润烦躁的夜晚和劳苦的白天
还有一杯淡淡的清茶
洗涤浑浊的声带，在临睡前
对我说几句轻松的话，让他睡到
太阳红脸的时候，才叫他起床

我们的种子下了地

太阳和炊烟一同上升，白鸽子从茅屋顶
飞向远方，和我远播的丈夫一起到田野上
在没有影子的正午我晾好家人的衣服
把盛满午饭的瓦罐捧到儿子的面前
他给父亲送去杂粮饭，在父亲抽旱烟时
请求父亲讲故事和传说，我知道一切故事
都发生在田野上，如那一望无际的庄稼
翡翠般庄严剔透，金子般凝重辉煌

土地上有干不完的活计讲不完的故事
太阳下山的时候，我们的种子也下了地
田野上长满嫩芽和花蕾，从河上吹来的
晚风也分不清天上和地下，
我们也分不清田园和村落
我们风一样漫步田野，一切都是新绿

1983.6

顶礼贵州高原〔组诗〕

——谨以此诗献给贵州高原

序诗

我的心和高原一起带着他海拔的高度耸立

带着山海的广博和气势神圣地汹涌高傲地起伏

我的憧憬和高原云彩一起美妙地把

湿润的浓荫倾泻在坚硬古怪的岩石上

我的赞歌和高原上的山泉瀑布一起合唱

把瀑布般豪放的旋律和石头般赤诚的歌词奉献

奉献给被风吹得加速流动的神秘阳光

我向高原鞠躬顶礼膜拜

我站在高原起伏的胸膛上大声说

高原是我的父亲山是我的爱人

那红色泥土和我的血肉一起混凝

筑起高原更加悲壮的深厚和雄伟

我是高原的女儿我的重心石头一样坐落在高原上

这高傲凶险的位置是我选择的

我以山的形象和高原站在一起以昂着头的

崇敬自豪地说　顶礼高原

顶礼贵州高原我是你骄傲的女儿

山风·云彩

噼噼啪啪的风掀动天空翻卷云彩

山风以胜利者的英勇在天与地之间呐喊

以占领者的号角吹动山脉吹动天空吹动头帕

吹动石头的姿容吹动少女的歌声吹动铜耳环

吹响峭壁吹响月亮吹响太阳

山风从四面八方涌来从四面八方涌来涌进山谷挤在山口

山风呼啸山风呼啸山洪一样势不可挡地怒吼咆哮

然后决堤般蜂拥山坡山涧挟着雨挟着石头挟着

山民的喘息和山羊的浓腥

石头是未经雕琢的原型石头整块整块地只让风

雕刻成原型的山和峭壁并且拉起又陡又坎坷又荒凉的斜面

仍然是风在喧嚣仍然是云彩旗帜般掣动

把石头塑造得光怪陆离在旷野蛮横而错乱地塑造山

风的激情云的色彩把孤寂和单调赶出了空间

山和晚霞翻滚如风向远天奔涌越过地平线

我的衣裙扇动起来我的头发飘飞起来

我向往奔腾和遥远向往天空和飞翔

我真的向天边跑去带着风超越无数山岭

可是风猛回头群山拱动崛起的背脊向我俯冲

风的胸膛山的胸膛虚无和坚实的胸膛抵着我

我扑向山口强迫风带走我的叫声

太阳·山峰

山向我涌来风向我涌来
云向我涌来阳光向我涌来
涨红了脸的高原激越起伏痛苦起伏
推涌出太阳一样浑圆的山峦
山是山的形象云是山的形象
风是山的形象人是山的形象
石板房和坟墓都是山的形象
太高了太沉重了
太静穆　太庄严　顶礼　顶礼
一千个顶礼贵州高原山的高原

高原上的山民高原上的主人
石头一样的肤色石头一样的肌肉
石头一样的形象石头一样的性格
高原的造就风和阳光的打磨
依然是永恒的粗犷和笨拙
依然是永恒的高傲和豪放
依然是永恒的深沉和孤寂

我的父亲是最朴实的山民在劳苦的黄昏
老实如一堆红泥巴和天空一起斜躺在山坡上

他的精力和生命沿着粗糙的手沿着窄小的锄头
灌注到土地里灌注到石缝里注进包谷高粱
他石头一样蹲在山头让黄昏的剪影浑然如山
他大口大口地吸辛辣的草烟 望着
按石头注定行距和窝距的稀疏的包谷林
想着收成想着山下的石板房里的生计
山把沉重潮湿的阴影披在他身上风也不能掀动
他沉重地站起来抖动沉闷的生活
炊烟也带着对天空的热望从房顶出逃
简陋厚实的石板房装满高原的空旷
包裹山民的劳累和穷苦包裹山民躁动的心愿
简陋厚实的石板房装满山民的梦境和神话
在无数的夜晚石板房摇篮般柔软地在风中摇晃
石板房里装着比它高大千倍的宫殿金碧辉煌
石板房在太阳和月亮的同时照耀下变成金砖银瓦
山民们在一片呼噜的梦境里安睡
直到太阳出来才睁开眼睛走出石板房
在昏懵中爬上半山怅惘地站在石头上
睁大岩洞般的眼睛凝视石板房凝视太阳的启蒙

高原上的太阳岩石般渗透着辉煌的力量
融进山的性格山民的性格山的旋律山歌的旋律
并且以他的色彩描绘山的形象高原的形象

以光的热诚和正直书写山的历史高原的历史

那么高的山峰那么坚硬的岩石那么粗犷的形象

正是我父亲高昂的头正是我父亲固执得简陋的思想

正是我父亲野蛮得笨拙的形象

我父亲的头发茂密蓬勃

那生长在岩石上的树丛

那婀娜多姿的野草那马樱花魔鬼般神秘的精灵

牛角一样挑破灿烂的云彩

旗帜样招展并炫耀生命的力量和艰辛

即使有撕劈宇宙的闪电

即使有山崩地裂的雷霆

我父亲的头永恒地高昂着

象征生命和精神的火山一样耸立

把贫瘠孤独的痛苦深深地压在山底

拒绝风的同情雨的爱怜

于是群山同时起立　活着　活着

活着要像山一样高傲地活着坚实地活着

岩石以折皱断裂的层次装订一页页厚重的历史

以凝固的旋律烘托粗野的冷峻

太阳激动得满脸绯红拜倒在山的脚下

顶礼高原，我伟大的父亲我是你高傲的女儿

我以山民的朴实和虔诚向你顶礼

我以山民的憨厚和强壮向你擎起山峰般的崇敬

我以山民的狂热和爱情向你张开朝拜者的双臂

瀑布·溶洞

我率领山民化为瀑布挣脱沉重的压抑
在悬崖上铺展液体的狂风张开宇宙的声带
代表整个高原的磅礴
代表群山蕴含的激情和心愿
哭诉高原巨大的沉寂深厚的痛苦
歌唱整个高原的想象和性格

我就是瀑布
在沉睡的梦的边缘截断阴河
变成疯狂的裸女
谁也不敢亲近我谁也不敢占有我
云彩也不敢献媚苍鹰也不敢炫耀
我是个悲愤得颠狂的女人
蔑视天空蔑视大海蔑视太阳和月亮
蔑视没有声响的力量和思想
我是高原女人是十万大山彪悍的妻子
我的悲愤是高原的悲愤
我的压抑和痛苦是整个高原的压抑和痛苦

我控诉整个高原沉重的贫瘠和冷落

我歌颂整个高原的崇高和悲壮

然而高原一动不动

以他永恒的稳重和安详

抚慰我变成一条河

在狂暴的闹腾后

环抱山的倒影清亮地醒来

我整天整夜地仰望山

直到它们成为魁梧的男子汉

成为苍翠的喀斯特在岩溶的高原上

以固执的爱情盘根错节

穿透石灰岩缝合断层缝合大峡谷

我迫不及待

迫不及待用瀑布的乳汁哺育他们

不容忍一个世纪的犹豫和迟缓

我和红土一样

有情不自禁的创造欲

我和高原一样

有着崇高的责任和使命

我是高原女人

不容忍一千年失落一个沉闷的姿态

为了高原太阳般完美的高贵和雄伟

敢于放弃一切放弃一切

为了从石头里繁衍森林般健壮的山民

敢于战胜一切战胜一切

山神说有山必有洞

洞穴风幽凉地吹来

古怪的眼睛挣脱乌云幽凉地暗示我

我走进山洞走进辉煌的黑暗

走进岁月迷宫深邃的画廊

阴河水自然的形式和节奏

带着血的热情和孤独

宁愿去创造一块有生命的石头

而不去雕刻无生命的人

相信美在血液里不朽

相信岁月在血液里不朽

五百万年形成一面石旗

五百万年形成一面石盾

五百万年形成一只石笋

一亿年形成一座塑像

一亿年形成一个舞台

一亿年形成一道幕帷

远古的智慧雕塑了整个岁月

生成混沌之气无声地创造了沧海桑田

生成万物之水柔韧地创造了超越永恒的时空

所有朝代的帝王将相才子佳人

在这里成为化石昭示人类

所有年代的动物和植物

在这里成为化石昭示万物

洞穴鱼以一腹透明的螺纹

在阴河里周游列国使一切化石活灵活现

这溶洞因为太古老不需要人的见证

只要人们发现和沉思痛苦和狂喜

不能让洞穴风化为山怪的目光

我以山王的权威率领山民们涌进洞穴

山民们手举熊熊燃烧的松明火把

蜂拥而至穿山而行照亮历史

带着群山的阳刚之气以及山羊的膻腥气

在山的腹地高原的腹地返朴归真

让充血的牛角号吹起来

让牛角号在洞穴里波涛般回荡

把雕塑们激动起来

把石鼓石笋石旗激动起来

把沉寂的历史激动起来

我率领山民们用土酒和牛血和包谷浆

浇灌高原滋生高原

1983.10

高原女人〔组诗〕

黎明前图腾的梦境

不能让那只鹰在山顶上俯视这片田坝

这片刚播种的田坝

每一条田埂都是山民的足迹

田坝上的孩子们种子般赤裸饱满

但是侍弄这片田坝的女人们除了赤裸着

膨胀的乳房外

一切都如掩埋种子的泥土一样深厚含蓄

这是能孕育一切生命的含蓄

这含蓄是海

尽管这高原早从几百几千万年以前就

从海中出脱

但是整个高原岩石般的含蓄是

飓风也不能使他轻浮的

这些女人们只会崇拜山神

崇拜她们那些汗渍渍的男人

崇拜她们那有着山峦一样浑圆屁股的娃子

男人的眼睛不充血是不可怕的

虽然鹰的眼睛锐利得刺骨

女人们却有更加锐利的舌头

她们的舌头比牙齿坚硬

牙齿就像那些男人们的粗鲁

只会咬破一切嚼碎一切
而舌头得承受一切酸甜苦辣的滋味
她的舌头就品出了耐人寻味的
高原上的传说
尽管传说是那么遥远
可是那只鹰就在山顶上

甚至连贫穷也不懂的女人

其实高原上的女人是什么也不懂的
除了那身岩石一样结实的肉
她们甚至没有会心的微笑
她们就会山一样迟钝地任凭
天上的云彩千变万化
她们就会山一样承受风承受雨
但是男人们只要爬上山，赶着
老黄牛耕犁那些深深浅浅的坡地
她们就会变得青草一样柔和
她们是什么也不懂的
甚至连贫穷和劳苦也不懂
不过她们的心地从来没有贫穷过，
只要她们有乳汁，能用它

喂饱孩子

她们从来也没想到贫穷过

要说劳累，那是没有的事

人就是能干活才叫人的

女人嘛，就是能养孩子能种地

能烧饭的人才叫女人

虽然在男人面前有点恭敬，

不恭敬他们还敢吃饭还敢套近乎？

当然，他们有时候比女人辛苦

可与她们有什么相干，不过使

她们更自豪更有力罢了

她们是什么也不懂的

她们就只有一身岩石一样结实

的肉和山峦一样饱满的奶子

高原女人的粗野是羞涩的

高原上的阳光缠绕女人的血脉

使眼波汹涌使肌肉膨胀

夏夜里阳光从女人的黑发里流出来

山脊光缠绕高原

使高原的躯体只有骨头三角肌

和橡胶般粘稠富有弹性的血液
使高原成为铜像成为雄壮的骆驼
高原女人因为羞涩而笨拙
因为笨拙更加羞涩的山妇
她的粗野也是羞涩的
她每天要承受太阳那么狂热的光芒
使之怀孕生出山峰、野牛和森林
女人的羞涩如太阳的羞涩
女人的粗野如太阳的粗野
女人的笨拙如太阳的笨拙

只要女人的怀里有个儿子

星星是数不清的
家里的那些麻烦事是做不完的
山里的女人并不会管家
山上的事男人们去干
只要女人的怀里有个儿子
她就心安理得地抱着他坐着
严肃地询问丈夫的收获
山里的女人并不会算计
有什么好算计的

什么果实成熟了就收获什么
至于吃什么喝什么，这得
由山安排，就说秋天吃苦荞吧
吃就吃，她自会把它做得香甜酥软
就说夏天吃土豆吧
她自会把它做得像鸡蛋一样新鲜
丈夫从来不敢在她面前耍威风
因为她有儿子
因为她能把吃的东西做得
很合口味，就像她本身
对她男人很合口味一样
她并不会和男人们开什么玩笑
山上的风倒经常开他们的玩笑
其实玩笑也不过是打一架
而且是因为她用儿子的尿
浇灌了丈夫头上那丛黑茅草
她是个不知道什么是活计的女人

高原是这样难以告别

高原是这样难以告别
无边无际的崇高和骄傲

无边无际的野草和山峰

我的一生都在土地的高傲中热爱着高原

我那座山是一整座石头

是我的赤脚把苦行的泥土带去的

那座山高高在上

我爬过的山坡上都长满了青草和野花

山顶之光永生不灭

在沉重的孤寂中照耀空茫的苍穹

除了太阳，那座山高不可攀

除了月亮，那座山圣洁无瑕

那座山是这样难以告别

二十二个秋天无论如何都是无辜的

但是整个岁月和山一起压迫我激励我

生命就这样难以告别

山就这样难以告别

高原就这样难以告别

1984.6

二月的湖〔组诗〕

——我赤裸着母性的温柔　和波浪一起用胸膛拥抱岸

1

哦 湖中的岛

我缩写的大海中的岛

我用疲惫的河水缠绕你

波浪不是热情的旋律

也不是深情的歌

我是在金色的高原上

奔腾的舞女

山的凝重弹起我的欢乐

我追求高原的斜面

追求落差的境界

我来自山的高深处

我注定向最低矮的地方

寻找归宿和平静

请原谅我的清澈吧

（虽然这并不是罪过）

斜面是山创造的

我依照山的性格塑造自己

你是湖中的岛

湖水蓝蓝地托起你

你的高傲在深沉的平静中屹立

屹立起伟大而坚硬的旋律

（鹅卵石凝固了湖的音符）

我是疲惫的河

在不闪光的夜晚高涨梦

用少女的泪水淹没岛

2

黄昏在没有夕阳的湖上

忧郁地降临

小木船为我们漂浮

我们划动自己的桨

划向远山下的岸

那座山是群山中

最高最美最孤独的山

甚至更远的地方也没有

更高的山和山影

我们划向岸

打鱼老人收起没有鱼鳞的网

凄凉的晚风鼓起孤帆

我们的岸在远方

水鸟无声地从头上掠过

我们握着桨，抱着直爽的信念

水上的路是桨方向也是桨

山影重叠波浪重叠
太阳和月亮重叠
但我相信没有重叠的岸
我的桨划破叠影
我们划向岸

3

我们划动列岛划动岸
夜是凄楚的
唯有笑声能淹没恐怖
那是金子的笑声
洋溢沉重而闪光的欢乐

那座美好的山是倔强的少女
除了野花般的微笑再没有
娇嫩的肌肤
岩石垒起雄伟的苍凉
天空也不属于她
人们爱她在湖中的倒影
倒影在水的幽情里哭泣

即使桨在风浪中折断
我们还有张开的双臂
船啊
金色的橡树叶
为所有的成熟飘零

湖的凝视是母亲的凝视
湛蓝的水
墨绿的水
浸透我
浸透我的山
浸透我的高原
成熟的水呀
让所有的船划向岸
那些金色的山的边缘

4

如果湖中没有岛没有山
如果湖中没有船没有桨
如果山上没有树没有鸟
二月的风不会箭一样飞来
射穿男子的胸膛和女子的眼睛

二月是天空哭泣的季节
是云层忧郁的季节

我们坐在船上
没有和着波浪歌唱
却说着来自沙漠的诗行
男子的记忆和女子的遗忘
同样难堪
二月的神秘和诱惑属于风
属于湖上的叠浪的节奏
（熟悉帆和桨的男子和
熟悉山和水的女子）
我告诉你
我要划一整天的船
我要听一整天风的声音
我不是坐在岸上的小孩子
我不是爱戏水的小姑娘
我和你一起坐在船上
并且由自己的桨划动船边的水
就算湖是深沉的绿色的
深邃、安谧
就算山是凝重的金色的
伟岸、厚实

我还是在船上划动桨
划向没有码头的岸
我只是寻找岸
（从来没有人登陆的岸）
也许是坚硬的岩石的岸
也许是柔软的沙滩的岸
我只是寻找岸
（从来没有人登陆的岸）
并且知道岸在山和湖的边缘

5

那是流动的岸
漂浮的岸
那是僵硬的岸
寒冷的岸
二月里潮湿的歌越过天空
越过高原
越过干枯的岩岸涌进湖水
湖上只有永远重复的波浪
和永不重复的桨声
和永不重复的注视

爱情和忧伤来自这二月的湖
来自透明的山和倒影
和不透明的湖底的沟壑
头发迷乱的男子
和目光蓬松的女子
一起望着岸
风挑起所有的波浪
海的波浪、湖的波浪、血的波浪

冷峻嵌进痛楚的岩石
山的威严殷红地滑进暗河的水
水鸟飞向深渊
彩色的岸为它枯萎并且蜷曲
围攻所有的博大和野性
云层
块状和团状的云层铺天盖地
向岸俯冲跌落
云的沉重压断岸
淹没岸
翻卷岸
小木船划向天空
划向下弦月
于是一个冰冷的叠影永恒地悬浮

——没有岸

1984.2

征服

除了纯真的男人和不纯真的女人
谁也不能征服我
除了心底的爱情和舌头上的仇恨
谁也不能征服我

那么我是站着的
像一匹马一头牛和一只鸟一样站着
像街道、铺店、广场一样敞开着

那么我是活着的
为每一个男人和女人活着
为每一个孩子和老人活着
我的善良是金色的沙漠
我的爱情是月光下的海洋
我的仇恨是悬崖绝壁

除了纯真的女人和不纯真的男人
谁也不能征服我

1984.4

在你的怀抱里我要沉睡一百个冬天

在你的怀抱里我要沉睡一百个冬天
我是奔跑得疲惫的孩子
只有你的怀中能盛装我骚乱的梦
使我在心跳的节奏中获得安宁

在你的怀抱里我沉睡
化成一百个婴儿
在你的怀里拱动你的胸肌
摩擦你流火的体温
我是个痛哭得疲惫的孩子
只有你的吻能啜饮我忧伤的泪水
给我以古井般深邃的安谧

在你的怀抱里我沉睡
在你的怀里酿制呛人的烈酒呛人的热血
我是孤寂得疲惫的孩子
只有你狂勃的节奏催生我的信心和力量
我接受力的安慰

1984.4

秋天的花是不会凋谢的

多想叫出这些野花的名字

她们总是对我微笑

即使在最凄厉的风吹来时

即使在秋天最忧伤之时

今天我躺在花的怀中

才知道秋天是温暖的

我的梦境上也开满鲜花

秋天的花朵不是为了果实才开放

我也不是为了果实才来到秋天

我在梦中微笑过

醒来我将继续微笑

秋天的花是不会凋谢的

因为她不是为了果实才开放

1984.10

四月里没有神话

也许我为你失眠时你正为我沉睡
也许在爱情的梦境里失眠者最幸福
也许不成熟的经历因为心跳的奇异而年轻

你的黑眼睛
在那个二月的深夜成为我的启明星
我不知道太阳和血和火为什么一样鲜红
我不知道你的眼睛为什么在我的眼睛里明亮
我不知道失眠的四月里为什么没有一个闪光的神话

我觉得你是信神的
那位把山峰缀成花瓣的山神
风在夜晚呼噜着
也许你为我失眠时我正为你沉睡
也许在爱情的王国里沉睡者最幸福

1984.4

分泌出山泉的梦

是透明地分泌出山泉的梦

泉水渗透又烦躁又疲倦的躯体

二十一岁的炽热足以燃烧整个夏季

燃烧孤寂荒漠燃烧乡愁迷茫

我的太阳远远地照耀我

在失神的草地上奉献温暖的身影

时而高大令我惊骇崇拜

时而渺小令我惶惑怜悯

阴沉之蛇蜿蜒而来

只要梦能分泌出透明的山泉

只要星星告别每一个凝视的驿站

二十一岁的冷峻足以凝固汹涌的海涛

凝固没有信心的沙漠

忧郁和力量来自黑色夏夜那矜持的温柔

灵敏的晚风带着远方的气息翩翩而来

把无踪无影的想象吹散

弥漫海一样强大而深沉的叹息

1983.10

夏雨是豪爽女人

多雨之季多雨之季多雨之季隐入夜

淋出路淋出石头淋出黎明淋出夏天

撩开窗帘看雨打湿玻璃

看雨流泪

你不能为它抹泪

隔着窗玻璃不能为它抹泪

就看它哭任它哭

不要劝慰不要安抚

它憋到夏天才哭出声来

哗啦啦嚎哭有多痛快

哗啦啦宣泄有多痛快

夏天任性暴躁是多雷雨之季

直到把云层冲散

把太阳淋出来

把月亮淋出来

夏雨爱哭爱痛痛快快地哭

夏雨是豪爽女人

不过她是凄凉地哭了一秋

不过她是温柔地哭了一春

不过她是冷峻地憋了一冬

不过她是豪爽女人爱热辣辣地哭

夏雨是豪爽女人

哭出声哭出深情哭出爱和仇恨

所以每条河涨水
所以很多人不能过河
所以很多人隔河相望

1984.6

从此我有了山的命运

我和你爬上山顶
你把山给了我
从此我有了山的形象
从此我有了山的命运

太阳从绝壁上升起
纯粹是果实成熟的静谧
高原山入神入画
没有一块平庸的石头
没有一个平庸的人
我只想要一座山峰
我只要站在山头就能超脱一切

我想藏进山里
藏进山里真好真自在
没有山我到哪里去躲藏
没有躲藏的地方多可怕
我拥有一座山
藏起来没人发现
没有谁像山这样站着用自己掩藏自己
我和你爬上山顶
你把山给了我
从此我有了山的形象

从此我有了山的命运

1984.4

要幸福就幸福得透出光辉

天空也想靠近的大海啊

任你激越的浪头把我淹没

任我在苦涩的岁月里漂泊

即使我的爱人有广阔的港湾

我也不能每天在那里停靠

我只能望着陡峭的海岸

咸腥的海风把天空也浸蚀得斑斑驳驳

云朵不断地变幻着夏季的脸色

大海　你暗蓝的热情冲击着我的荒漠

我从破旧的梦中醒来

洗过海水脸

我的眼睛从此深邃

莫名其妙地懂了一切

即使我的爱人有宽敞的船舱

我也不能每天在那里逗留

我只能望着海浪

载重船在海上压出深深的航线

上弦月以船的魅力诱惑我

太阳痴迷地凝视月亮忘我地沉落

决不与黄昏告别

要痛苦就痛苦得透出自己的阴沉

要幸福就幸福得透出自己的光辉

1984.7

山麓少女

夜色弧开始泛出鱼白

开始滋润陡峭的山脊

开始勾画动摇于梦中的山麓少女

山那边传来海水的潮骚

夜色弧爬行于洁白的海岸

太阳那迷人的容颜在荒莽之野慢慢出现

喧器的白昼使它充满错觉

那浑圆的光圈里包含着那么多针芒

这只强悍的马蜂神威显赫

疯狂和尖刻在金色的光环里十全十美

只有山麓少女知道太阳的脾气

太阳没有一天忘记过回归夜晚

用它的车轮辗出山弧海弧

荒原上是无邪的平静

荒原上无邪的平静是一千朵野花的平静

野花充满永恒的乡愁

她们无不期待对太阳微笑

她们对太阳微笑后才如此鲜美

但是山麓少女必须嗅着野花

嗅着乡愁安谧地度过夜晚

必须让思念划过山弧和海弧

使花瓣柔美如夜光彩如夜

1984.7

向日葵不知去向

向日葵不知去向
茫然聆听一阵风声
孤傲之颈转过夕阳
沉溺光辉的幻象
全神贯注于空茫

沉默高不可攀
痛苦高不可攀
向往高不可攀
成熟高不可攀

向日葵不知去向
茫然聆听一阵风声
孤傲之颈转过夕阳
沉溺光辉的幻象
全神贯注于空茫

1984.7

1985—1988

黑色沙漠〔组诗〕

——我的眼睛不由自主地流出黑夜　流出黑夜使我无家可归

黑夜　序诗

我的眼睛不由自主地流出黑夜

流出黑夜使我无家可归

在一片漆黑之中我成为夜游之神

夜雾中的光环蜂拥而至

那丰富而含混的色彩使我心领神会

所有色彩归宿于黑夜相安无事

游夜之神是凄惶的尤物

长着有肉垫的猫脚和蛇的躯体

怀着鬼鬼祟祟的幽默回避着鸡叫

我到底想干什么　我走进庞大的夜

我是想把自己变成有血有肉的影子

我是想似睡似醒地在一切影子里玩游

真是个尤物是个尤物是个尤物

我似乎披着黑纱煽起夜风

我是这样潇洒　轻松　飘飘荡荡

在夜晚一切都会成为虚幻的影子

甚至皮肤　血肉和骨骼都是黑色

莫名其妙莫名其妙　莫名其妙

天空和大海的影子成就了黑夜

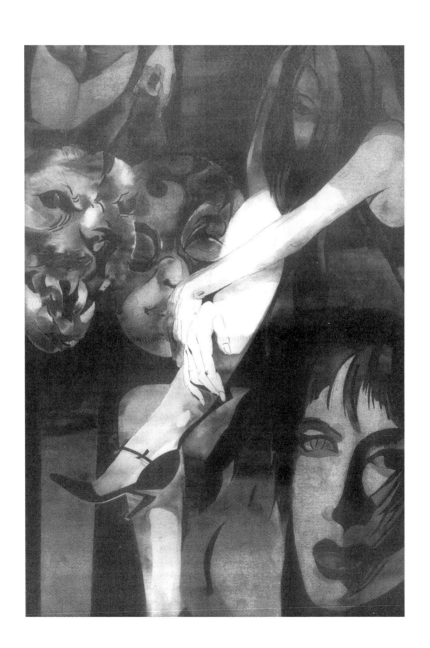

黑色沼泽

傍晚是模糊不清的时刻

这蒙昧的天气最容易引起狗的怀疑

我总是疑神疑鬼我总是坐立不安

我披散长发飞扬黑夜的征服欲望

我的欲望是无边无际的漆黑

我长久地抚摸那最黑暗的地方

看那里成为黑色的漩涡

并且以漩涡的力量诱惑太阳和月亮

恐怖由此产生夜一样无处逃脱

那一夜我的隐秘在惊惶中暴露无遗

唯一的勇气诞生于沮丧

最后的胆量诞生于死亡

要么就放弃一切要么就占有一切

我非要走进黑色沼泽

我天生的多疑天生的轻信

我在出生之前就使母亲的预感痉挛

噩梦在今晚将透过薄水

把回忆陷落并且淹没

我要淹没的东西已经淹没

只剩下一束古老的阳光没有征服

我的沉默堵塞了黑夜的喉咙

黑色眼泪

是谁家的孩子在广场上玩球
他想激发我的心在大地上弹跳
弹跳着发出空扑扑的响声
谁都像球一样在地球上滚来跳去
我没想到上帝创造了这么多人
我没想到这么多人只创造了一个上帝
每个人都像上帝一样主宰我
是谁懒洋洋地君临又懒洋洋地离去
在破瓷碗的边缘我沉思了一千个瞬间
一千个瞬间成为一夜
黑色寂寞流下黑色眼泪
倾斜的暮色倒向我
我的双手插入夜
好像我的生命危在旦夕
对死亡我不想严阵以待
我忧虑万分
我想扔掉的东西还没有扔掉

黑色犹豫

黄昏将近
停滞的霞光在破败中留念自己的辉煌
我闭上眼睛迟迟不想睁开
黑色犹豫在血液里循环
晚风吹来可怕的迷茫
我不知该往哪里走
我这样忧伤
也许是永恒的乡愁
我想走过那片原野
那是一片衰黄古板的原野
我的徘徊已精疲力竭
我向着太阳走了一天
我发现他每天也在徘徊
在黑色的犹豫中陷落

黑色金子

我已经枯萎衰竭
我已经百依百顺
我的高傲伤害了那么多卑微的人

我的智慧伤害了那么多全能的人

我的眼睛成为深渊

不幸传染了血液

我的乳汁也变为苦泪

我的磨难是金子的磨难

被所有的人掠夺

却被所有的爱包围

每一个夜晚是一个深渊

你们占有我犹如黑夜占有萤火

我的灵魂将化为烟云

让我的尸体百依百顺

黑色洞穴

洞穴之黑暗笼罩昼夜

蝙蝠成群盘旋于拱壁

翅膀煽动阴森淫秽的魅力

女人在某一辉煌的瞬间隐入失明的宇宙

是谁伸出手来指引没有天空的出路

那支手瘦骨嶙峋

要把女性的浑圆捏成棱角

覆手为云翻手为雨

把女人拉出来

让她有眼睛有嘴唇

让她有洞穴

是谁伸出手来

扩展没有出路的天空

那只手瘦骨嶙峋

要把阳光聚于五指

在女人的乳房上烙下烧焦的指纹

在女人的洞穴里烧铸钟乳石

转手为乾扭手为坤

黑色睡裙

我在深不可测的瓶子里灌满洗脚水

下雨的夜晚最有意味

约一个男人来吹牛

他到来之前我什么也没想

我放下紫色的窗帘开一盏发红的壁灯

黑睡裙在屋里荡了一圈

门已被敲响三次

他进门时带着一把黑伞

撑在屋子中间的地板上

我们开始喝浓茶

高贵的阿庚自来水一样哗哗流淌

甜蜜的诺言星星一样动人

我渐渐地随意地靠着沙发

以学者般的冷漠讲述老处女的故事

在我们之间上帝开始潜逃

他捂着耳朵掉了一只拖鞋

在夜晚吹牛有种浑然的效果

在讲故事的时候

夜色越浓越好

雨越下越大越好

黑色子夜

点一支香烟穿夜而行

女人发情的步履浪荡黑夜

只有欲望腥红

因寻寻觅觅而忽闪忽亮

一无所有的烟圈浮动天空

星星失色于无情的漠视

绕着七层公寓巨大的黑影

所有的窗口传来漆黑的呻吟

于是只有一个愿望——
想杀人放火　想破门而入
一个老朽的光棍
扯掉女人的衣袖
抢走半熄灭的烟蒂
无情无义地迷失于夜

黑色石头

找一个男人来折磨
长虎牙的美女在微笑
要跟踪自杀的脚印活下去
信心十足地走向绝望
虚无的土地和虚无的天空
要多伟大就有多伟大
死去的石头活着也是石头
无所恨无所爱
无所忠贞无所背叛
越是伤心越是痛快
让不可捉摸的意念操纵一切
毛烘烘的小鸟啄空了卑鄙的责任感
一个脑袋拒绝收容一个梦想

活动着的血液弥漫着灾难的气息
即使禁果已经熟透
不需要任何诱惑也会抢劫一空
这里到处是孕妇的面孔
蝴蝶斑跃跃欲飞
恶梦的神秘充满刺激
活着要痉挛一生

黑色霜雪

雪岗在山腰上幽幽冥冥
霜雪滋润于冷的夜色
一切将化为乌有
女巫已陷于自己的幻术
有谁能在夜晚逃脱自己
有谁能用霜雪写自己的名字
我有的是冷漠的神情
世界也为之扁平
魔力的施展永远借助于夜的施展
霜雪如漆的脸色封冻寂寞
早晨从水上开始面对水
炊烟如猫舔着瓦的鳞片

胜利逃亡之鱼穿过鲜活的市场
空气血腥，叫卖声撕破黎明

黑色乌龟

慵懒之潭深不可测
一串水泡装饰着某种阴险
乌龟做着古老的梦
做梦的时候缩头缩脑
我怀着乌龟的耐心消磨长夜
黑色温情滋润天地

浮云般的树影欲飞欲仙
令人神往的飘逸
乌龟善于玩弄梦象
瘦弱的月亮弯下疲惫的腰
夜的沉重不能超越
我身怀一窝龟卵
乌鸦把我叫醒
慵懒之眠在晚霞中流产
我寻思该怎样感谢乌鸦
想起来谁都需要感谢

黑夜　跋诗

兄弟，我透明得一无所有
但是你要相信我非凡的成熟
我的路一夜之间化为绝壁
我决定背对太阳站着
让前途被阴影淹没
你的呼唤迎面而来
回音成为鹅卵石滚进干涸的河道

啊兄弟，我们上哪儿去
我的透明就是一切
你可以信任我辉煌的成熟
望着你 我突然苍老如夜
在黑暗中我选择沉默冶炼自尊
冶炼高傲
你不必用善意测知我的深渊
我和绝壁结束了对峙
靠崇高的孤独和冷峻的痛苦结合
哦兄弟
我的高贵和沉重将超越一切

1985

铜镜与拉链〔组诗〕

——ABC恋歌

1

躺在彻底麻醉的躯体上
在没有体温没有血色的厮混中
一切就要从现在开始
我与你
再也回不到长磨菇的乐园

2

绷带缠着月亮的冷笑
置身于千丝万缕的折磨中
我是这样柔情蜜意地爱着你
为我骄傲吧
不屈不饶的光芒

3

为了你的给予
乌鸦醒来了
在太阳金碧辉煌的圆里
也许什么战争也不会使它沦丧
和平犹如水的景象

4

泗水到这里来吧
谁也逃不脱生存的优待
兄弟　我真想请你喝酒去
莫名其妙地陶醉
乘着酒兴高歌——好样儿的绞肉机

5

明天你会属于谁呢
你这样望着你的乳房
身不由己的毛病
所有的头发脱落在嘴里
我感到命运是一种彻底的力量

6

惟命是从的姿态显得如此潇洒
今天你最漂亮　我的小宝贝
永不醒悟的温床
绷紧死神的琴弦
渴望是个深潜的钢球

7

一棵老树在为自己的果实愁眉不展
抛弃昨天是一门心事
早晨的牛奶到了晚上已变成砒霜
遗腹子正呀呀学语
叙述迟早都要发生

8

不能遏止对过去的情人飞吻
熄灭的火山更为骚动
潜伏随机的危险
我为你的耳光兴高采烈
你说今晚有月蚀
我就和你呆在一起

9

彩虹缠着黄昏的脖颈
月亮这只鸟蛋
永远处于被孵化的状态
出神的云朵日益僵化

你是我不想吐出的鱼刺

10

你哭了　我怎么办
事情就这样发生了
发生了什么也很难说
妖冶的河流天生快乐
我哭的时候　你什么也别说
我哭的时候　你什么也别说

11

近一点　再近一点
噢　宝贝　这就对了
在显微镜上刻一道细痕
让时间去捕风捉影
谁是谁的桥墩

12

夏天的发条拧得太紧
约束时间的形体

情场上的导弹将要转向

尴尬吧　让苍蝇为佳肴尴尬

爱情对你来说是一种烹调

13

那男人在一夜之间掉光了头发

公牛的牴角退化了

手足无措的时候

抽一支香烟可以缓解不安

在无人之处或人群之中

放一个响屁

解放的感觉便成为体会

14

袜子发臭的那一夜

我和你不再挥手道别

徘徊于傲慢与贪婪的广场

兜售激情与妄想

夜深人静的时候

眼皮搭拉在害羞的裤裆里

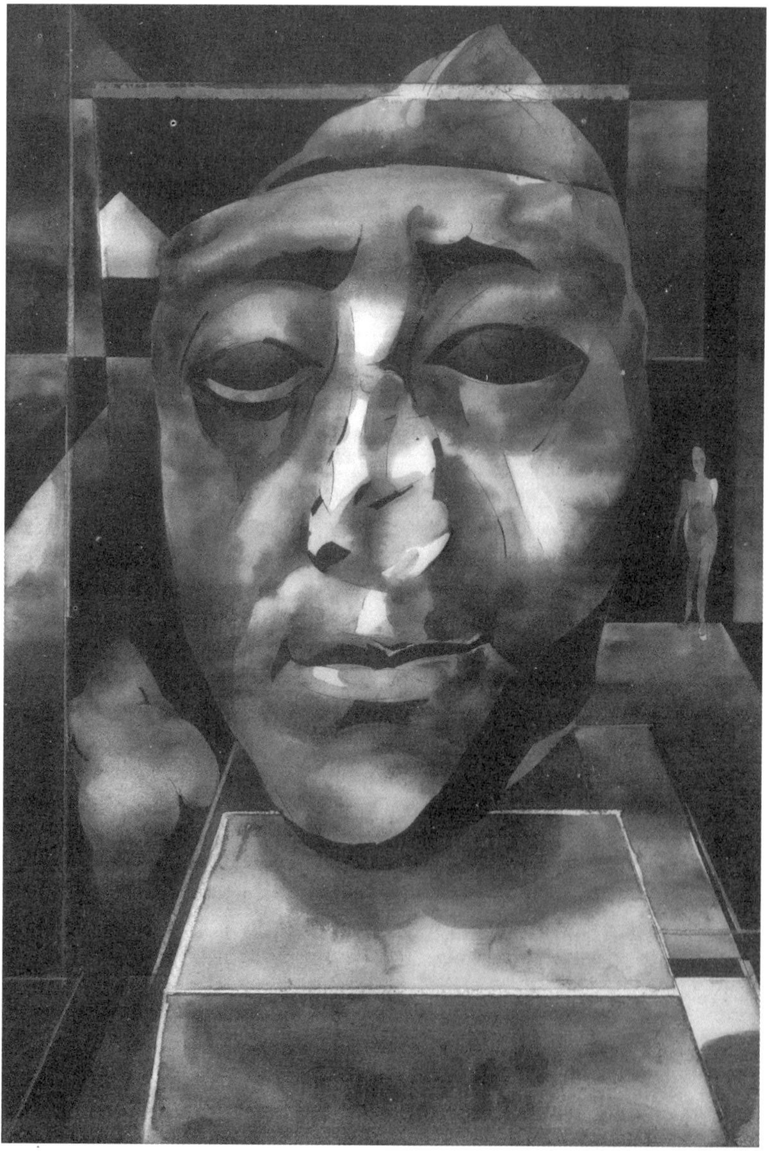

15

梦很脏、不敢睁开眼睛
倒塌的猪圈
不经心成为名胜般的废墟
月亮翻了脸
无论如何也得把梦做完

16

季节的沙尘击中信心
我们都云集在天堂门口
一堆石头染上了花柳病
一千个响屁的喝彩尤为壮观
我们赶紧走　走向天边

17

说不清楚就咽一口唾沫
把舌头挂在无耻的飞轮上
为了每一个女人怀一身怪胎
不择手段地做爱
太阳显得死皮赖脸

18

情人比秒针疯狂千倍
我变成了一只可怜的乌龟
紫色的烟圈飘飘欲仙
死神的勋章分外耀眼
死活都令人不厌其烦

19

你无限柔美地来到我的大腿上时
情人的拉链已经生锈
倦于无数痴迷的情意
打着萝卜臭嗝钻进出租汽车
投入庞大的夜

20

太阳比乞丐还要刁钻
让我们和所有可爱的动物交欢
电线杆亭亭玉立
街灯闪烁其辞
我已羞于搀着枯萎的花篮

21

那是一个老娼妇一样冷酷的冬天
野猫偷偷地钻进家门
寒风席卷镀铜的风铃
幻想的钉子早已折弯
沮丧是如此优美的抛物线

22

你抚摸我的时候
不要就此停顿就此昏迷
去他妈的　活见鬼
疯狂胜于一切
你我都拒绝拯救的福音

23

碎玻璃心中发颤的世界
一切建筑都感染了伤寒
无论谁都将栖息于墓穴
貂皮大衣和内裤一样廉价
我用欲望感恩戴德

24

何必偷偷摸摸地回返
何必在情人的扣子上猜谜
何必满脸苦笑
适场作戏的镍币早已输光
输到底也是一种赢法

25

一次一次地倒立于抽水马桶
笨拙的爱恋也许最为高贵
在你的脚背上蚯蚓已经熟睡
回家吧　夜班车正在喘息

26

我对麻雀的到来视而不见
昨天的镊子夹住你的睫毛
你把堕落看成升华
你走得越远越感到迷芒

27

等咖啡凉透之后
母马的肚子会在夜风中抖动
望着被出卖的道路尽头
丰腴的情感正在走私

28

流行歌曲弥漫众人的愿望
浪荡的飞碟从不回返
宝贝　何必寡欢
腿上的葡萄莫名地酸

29

狂妄的锤子无力地敲下
我的诅咒使你惊醒
你给我躺下吧
欲望成为巨蟒

30

泪水在鄙夷中结晶
调情从一环到一环
走火的老枪呆若木鸡
子弹打进哑默的子宫
嚼在嘴里无言以对

31

极夜的阴郁从脚底爬上来
在野鸡发情的叫声里
没有什么过意不去的
你要稳住
我想给你当胸一拳

32

你像歌声一样美妙地伤害我
玛瑙般的血在牛奶里扩散
丑陋离质朴并不遥远
蛇的优雅令我惊恐

33

孤独吗　但不要抓住我的手
一双扫兴的手
孤独的时候盯着一盏灯看
让眼前烟雾缭绕
我是为了遗忘才来看你的

34

为床上的核桃提神吧
不要说为时已晚
所有的皱纹会纺织你的形象
红色的沥青在覆盖裸地

35

你手腕上那颗黑痣还在吗
我想起黑痣就高兴
缩头缩脑的烟蒂明灭不止
不要当什么艺术家了
用一个烟圈能交换一对银耳环

36

我在饥饿的中心饱食终日
铁栏杆猛烈地抽搐
一觉睡下去
不再需要食物
谁在创造奇迹
我在这一瞬间堕落为天使
不劳而获是非凡的境界

37

每天陪月亮过夜
听它讲述三个胖和尚的故事
我的心从鹅卵石中钻出来
活着的确很费劲

38

我以为你很晚才会回家
你会给我一束野百合吗
我渴望高贵的给予
嬉笑一下 冬雪飘落

39

呻吟　无动于衷无异于歌唱
绝望吧　甚至对天空也绝望
你将在自由之上
望着漫天云朵
来到温柔富贵之乡
我想把孩子生在这里
抛锚吧　太阳

40

那天晚上的风又黑又冷
我有多可爱只有老枫树知道
香火把神烤成熏肉
意外的香甜可口
我有多可爱全凭你的胃口

41

那一夜毫无快感
我们都显出愉快的样子
防蚊纱窗井井有条

没什么不好意思的
拿出来就全有了

42

为什么带走多情的镊子
放弃精细之物
你信不信 西班牙不再出产公牛
一只香蕉超凡的黄
我没有力气 软绵绵成为懒猫

43

不用歌唱岚雾的风姿
我厌恶透顶
飞鸟的稀屎撒在我脸上
打消我对天空的念头
去吧 去吧 能走多远就走多远
我爱你像爱一只鸟蛋

44

公园里的长椅一半干一半湿

两个人带来不同的季节

因为一次停留

一万遍的萦绕才有了意义

我爱你便失去了自由

45

在多棱多角的星球上

你什么时候见过平等

月亮啊　你的圣洁单薄而悲凉

我不知说什么好

我们辗出了辙迹但没有方向

46

星星闪烁　今晚的月亮不再颓唐

到向往之地去流浪

这是我的梦想

手上的运河几番波浪

醒来已在秃鹰的怀抱

47

或许逝去的一切把我带走
让我重温过去的日子
皮带束紧凄凉的腰身
夕阳是明天的背景

48

痛苦的消磨导致狂欢
耽误了一切　仍面带微笑
从容不迫的倦
我真的想和你睡了
我向来不在乎影子怎样爬行

49

你在哪里认识那个女人的
真棒　你怎样设计我来的情景
嫉妒的火焰留下灰烬
冷漠是一剂良药
发呆是类似安详的绝症

50

在羊肚子上体验爱情的温暖
恐慌的快感瞬间即逝
袖手而来的风雨
就此打住吧
你爱我　我就能偷渡

51

昨夜的孕妇满脸雀斑
谁是谁的母亲
在婴儿的肚脐上加盖美丽的印章
都来吃我的奶吧
我要养活你们

52

安然地走吧　不要吹嘘
走到我看不见的地方
小花猫天真地搔首弄姿
崩溃的毛发一无声响

53

没水了
女人的目光隐退了
机车在不断地发动
将驳船拖回泥泞的码头

54

来电了吗 来电了吧
电的样子很古怪几乎看不见
像一个美丽的诺言
兄弟们跪在屋顶
翻开片片青瓦
炊烟飘来使四肢发软

55

盘子里的剩鱼无精打采
只有骨头够味道
试管婴儿正在吃奶
一切都可以制造

56

我为你脸红时
门口站着一位动情的警官
他用警棍指挥车流和人流
警笛吹断了冥想
一条母狗陪和尚过夜
庭院里木鱼声声

57

如此零乱的早晨
就是不希望把食物放在老地方
我的隐痛无血无肉
如此空泛的痛　哪儿是痛处

58

是谁敲碎了那个门铃
医院里挤满了健康的臭虫
就算你生了无数个孩子
诺言已经姗姗来迟

59

摒弃这个斜视的日子吧
夕阳西下的景象
使你泪流满面
我不明白这是怎么回事
仅仅是夕阳西下　我食欲大振
一百只鸭脚板大饱口福

60

不见海盗的踪影
船却被洗劫一空
我们都是下沉的岛屿
给两个救生圈来划水为牢
体会漂泊的活法
沉沦到底也不容易

61

镜片上闪过鱼鳞般光彩的腥味
忧伤已显得十分奢侈
扣上这顶散发孤臭的帽子

吹牛也可以过得很得意

62

上帝领教了你我的腐败
让人反复地活着与死去
为你的儿媳妇盯梢隔壁的狗
那条狗发出鸡叫
你叫它脱皮它就脱皮

63

为什么会这样狼狈
你怎么就成了艺术家
楼上的窗帘变成了乳罩
问上帝的婴儿 这是什么年月
我爱你爱得太早

64

啃完一只发皱的苹果
月亮在酒杯里煽风点火
为了你 我可以浪迹天涯

你是我需要的噩梦
只有风倾吐着无休无止的厌弃

65

你强迫我熬过这一夜
在你额头露出百年的刀痕
久远的杀戮放射出荣光
回答了一口方言　啥也不是
于是我委身于你委身于猫叫

66

你杀死了自己却让我活着
让我安葬你
我会为你唱鲜美的牧歌
让你的墓地牛羊成群
回忆和怀念都长满蛆虫

67

黑洞将成为典礼的教堂
我深信我是你的马蹄铁

到大街上去看看少男少女
他们似乎知道活着的意义
也许我们已上了苟活的年纪

68

这把青草将喂给你
你是迷途的羔羊
只会哞哞叫着在地上打转
只有土地不会遗弃谁
你的河为一条鳄鱼干枯见底

69

清爽的浪花围绕你的裸腿
试图踏入同一条河流
形而下的脚
在荒路上流连忘返
我用泪水浸蚀一切
叶片腐蚀了
叶脉更加清晰

70

无法回答你　这是什么地方
我看见星星在为你歌唱
崇高的山峰远走他乡
我不能抚摸你的头
我的手也不能放在你肩上

71

你走下山岗我才感到落差的逼迫
你的叹息在我心中酿成风暴
我记得你那个告别的手势
太阳从山谷爬上山顶
崇高和堕落都是妄语

72

明天去问候栀子花
芳香的回忆养育我
婴儿的脸像一座花园
被夜遗弃人才变得无可名状
告诉我　流星上哪里投宿

73

上街买什么菜　我的锅已烧红
油烟弥漫着十足的市民气息
靠称斤论两过日子
方糖和汉砖没什么两样
喝完这碗肉汤你便是我家的人

74

太阳是热情非凡的
惟有他光彩照人
我把窗帘关上时心跳就开始加速
钢丝床上长满苔藓
我雄心勃勃地叫喊
——你来

75

三天三夜不能入睡　有鬼
为谁干杯由你吩咐
我没什么可保留的
你要我完全的给予

因为我一无所有
昨天的记忆也开始退磁

76

不要撒野 你的嘴唇过于娇嫩
别小瞧虚弱的红罂粟
反复地体会优美的花朵
逃避你致命的美貌
眼前一黑便完成了躲藏

77

痛苦和欢乐都使我想起你
过去的事不要再提及
好极了 就在你的鼻梁上开始动情
把烟圈套上脖颈
在空中上吊

78

为你的闪失害羞吧
此时的力度已随速度私奔

伤风的船帆搭拉下来
起航和抛锚都使人难堪

79

桌子上为什么摆那么多猫碗
把抽屉打开干什么
昨天的纸张患了肝炎
你的无聊使我兴致勃勃

80

你我谁也不属于谁
我甚至不属于我自己
可怜的欲望正在涨价
我为什么要崇拜你的圆规

81

乌龟死后的夏季
一群苍蝇在为它树碑立传
什么地方传来电锯的声音
所有的森林化为乌有

82

我感到刺痛的快意
你的睫毛硬如钢针
午夜你不再珍惜那长长的卷发
疯狂可以阻止胡思乱想
要不要在神经上接一段钢丝

83

一夜又一夜　无人启动的闸门
倦于抵抗水的冲动
给我一杯酒
我便借机嚎啕大哭
把眼泪还原为水

84

相信和怀疑全凭意念
挂在老门上的铜锁日益玄乎
你寻找钥匙的过程
已使门锁锈蚀

85

温饱的血肉造成麻烦和负担
别嘲笑这个随机的世界
我们活在此时此地
该为这儿的空气心满意足
此时我正在吃晚饭　你吃了吗

86

何必去当骑手
哪来的草原在梦中铺展
踏着永不干枯的田野
在田埂上我想成为一株桑树
让蚕享用我的叶子
芬芳的炊烟萦绕鸟鸣
老黄牛想耕犁柏油马路
大地上布满焦躁的蹄印

87

世界末日来了又闪开
伫立于杂乱的阳台

夕阳的步履显得迟缓
设法否认这世界与你有关

88

传说已大有进展
把耳朵贴在你胸前
听到的全是盲音
为了土地活着吗?
靠化肥养活的土地
不再稀罕我们的骨灰

89

那条小巷拖着一只狗转过弯去
地球在我的潮汐中呓语
她说 你说 我说
这样的消磨太多
大师们患上富贵的癌症
使绝望也显得比别人优越

90

伟大的壮举在贫穷中流产
高贵的姿态在冰箱里委曲求全
理想的帽子在卑微中干瘪
神早就告诫我们
奇迹不能人为地创造

91

对镜梳妆的女人
妩媚的笑容和你的皮带　样长
世上就这么两种人
诽谤女人的正是女人
轻蔑男人的正是男人

92

为太阳开花的早晨高兴吧
牙膏的清香和甜润刷去昨夜的油腥
抿嘴而笑　你我都更为美妙
正午　眼波开始蒸发

93

世界把鞋带系得如此松散
只要有外汇就可以把国粹奉献
外婆的瓜藤蜕化为弹簧
酸嗝为调情分泌了过多的唾液
往回走　该下赌注了

94

把嘴张开　饮食随便
试一试也许能咬住子弹
八仙桌上正在进行国际谈判
我们私了吧
夜色如水
是的　无所谓决堤

95

我老了　老是一种法宝
过去是唯一的财富
昨夜的尿勾兑今天的啤酒
只要酒足饭饱

我也是自己的一张支票

96

不要向太阳问好
早晨属于鲜花和小鸟
想跳舞就赤着双脚来吧
两面镜子照来照去
在镜子里走投无路多有意思
梦中的镜子柳暗花明
让泪珠滴落 我不在乎破碎

97

温馨的挤奶姑娘墩厚如草垛
骑士死了个精光
黄昏落在草地上
让野花的魅力尽情施展
疯狂的地平线
我们都倦于纠缠

98

别闹腾了　让我们的呼吸溶为寂静
我被你的温情置身于森林
断弦的弓郁闷地挂在树梢上
箭早已飞逝
加上这副羁轭吧
我渴望莫须有的罪名

99

我的一生都用来接受教训
可我对自己的生活一筹莫展
彩色的阴影拒绝接受真面目
裂痕的宽度创造了永恒的峡谷
平民的活力正在发酵
油盐柴米酸甜照常
过你的好日子去

100

嘴唇上结满贝壳
唯有海水不枯不盈

此时太阳在改变植物的面貌
陷于自己的幻术
目的太多才陷入盲目
我这样随便地活着
随便地面对你面对世界

1985.10.30

鹅卵石与狗尾草

狗尾草骚动之力在旷野火一样蔓延
鹅卵石以狂热的生命力冷酷地爆裂
那是黄昏是太阳做梦时刻活火山喷出血来
秋风凝固血液冷寂抽缩成为石头
狗尾草在秋风绝望的冷漠中摇曳

河之源水波粼粼古老河道流逝九个日月
所以它们把星簇沉入河底沉入火山口成为鹅卵石
神说不流泪的母亲如干涸的河床
神笛吹起风吹起波浪吹起万籁寂静
狗尾草如古代烈女微笑成为生灵之母
鹅卵石为失去流逝之水而圆满

在彻底绝望的宁静中更加充实
阳光被热气腾腾的土地渲染得五彩缤纷
但是秋风吹来扑朔迷离的伤感
那片顽强的狗尾草带来十月野性的丰腴
山一样瘦骨嶙峋的汉子躺在鹅卵石河岸
等待从黑色地平线飘来的月光
感到黄昏不是忽然闪现的梦幻
而是永恒的愿望和想象
但是最漆黑的夜也会变得苍白
但是总得记住那个梦境
——鹅卵石和狗尾草

1985.10

老海

渔歌浸透海水

波浪吹开风

掀起光亮之歌

鲸血横溢

原始的猎场在水底

受血的诱惑

受死的荼毒

火山从海上脱颖而出

海蜥蜴走向断层

海很老

古代水母的踪迹

随波逐流

海岸若即若离

靠不住

海棕榈死了

无心流露悲哀

无意凶残

不知鱼会不会老死

不知在水里怎样安家

不知以繁衍求生存有什么乐趣

鱼鳔在腹腔内被海压破

一串水泡意味着什么？

1986.5

黑纱

那一夜

庞大的默契滞留于沙漠

晃动洪荒海

耀眼欲盲

沙漠龟产下一窝坚韧的卵

耐得寂寞

耐得渴

一条蛇无动于衷

爬过阳光和阴影

盘蜷

盘蜷为树根

保持纯粹的图案

醉生梦死

太阳可能带走雾霭

在荒漠中

屠杀水

沙砾渴望生育

唇景一片汪洋

牧豆树陷入空茫

光影沉沉

浑身不自在

鱼吐水的声音漫过盐漠

1986.5

谁对你说

相约的时光总是发皱

绿皮桔子使我茫然无语

酸嚛

你赠送的领带绞杀了自白

说真的我喜欢吃苹果

月亮尽如人意

玫瑰的芬芳凝为冷露

信鸽在划分秋天的早晨

蕨草的影子爬上绝壁

一丝云纹令天空吃惊

我看你的手势从事

我的鹿蹄我的草地

你敢爬过母羊的背脊吗

我很想抚摸羔羊

黄昏无限温和

何时能解悟青鸟的初鸣

一个少女用瓦罐捕风

美妙的沉默化为幽潭

此时

无人量测晚钟的圆度

1986.6

心境

旷寂归属于钟
聆听天籁
清高是唯一音乐
钟，一辈子忍气吞声
霉雨磨灭了青铜的神情
我，身为祭坛

一把弯刀割石头
同一把弯刀割水
同一把弯刀割光
各种优美的刀具陈列
各种优美的牺牲陈列
口形动人
刀口吐血吐寒

鞣揉，学一种柔术
月亮抟成棉球，浸透星夜
揉植物的肉瘤，石头的肿疮
一张烧疤的脸上火光熊熊
水向你流来，你抽开身
水向谁流去
夕阳无心
天很空

风亮出手掌

敞开领口袖口，天衣无缝

祭坛在上在中央

石刻的野兽仆伏四周

就这样——留下遗址

被神废弃

1987

不死之症

我身患绝症
——不死
每天服用方块字
铅字药片包医百病
药物中毒成了瘾
一张白纸上吐下泄

我身怀绝技
活着不动声色
在床上窝藏祸心
窝藏两种绝望
　　　生
——死
唯有时间始终如一
一块瞎表不见四季
一匹蒙眼拉磨的驴
逃不脱一个圈套的命运
猫头鹰眼中的月亮是一个盲点
活着是一个谜面
死亡没有谜底

1988

死不懂绝望

谁在叫我

喊声没有方向

我四周的草木很可疑

它们的眼睛不看我

我独走夜路

我不敢随便出声

一个陷阱与生俱来

落阱者不仅是我

这躯体和死亡没有血缘

谁叫我

我也不答应

狗耳朵尖尖竖起

听周围的动静

听一个声音把我啄空

嘴对嘴

吸吮快感和血汁

眼对眼

吸吮热情和孤独

手对手

吸吮暴力和冷漠

绝望的目光亮成游刃

在天上刻一幅版画

拓印在地
一堆走肉哈哈笑
死不懂绝望
死什么也不懂

1988

我得有个儿子

我挂在树上

红硕的柿子

一肚子甜甜糊涂

飘飘欲醉的感觉使血汹涌

吊是一种生存的好状态

吊落是另一种姿势

房间缩小，一团肉无限膨胀

冰凉的指甲把我剖开

我怕生儿育女，怕身怀怪胎

怕伤口彻头彻尾，把我撕成两半

我不能承受一团肉的占有

我不能容忍一团肉的抛弃

胃里的蜘蛛红得发紫

那致命的情景被我窥视

一窝蜂大谈独立自由

神动了杀机

我真该死，人都会死

神真傻，神没有死的福气

永远活着多累

一件憔悴的旧童衣围困我

我在梦中耗尽力气

我身上唯一的伤口流尽温情

一滴泪在脸上冰结，长成一粒白痣

彻底的软弱沦为凶险

没什么，没事

我得有个儿子

1988

身上的天气

我身上气象万千
摸不准阴晴
一场细雨湿不透心
腋窝里长出一朵白菌

一条河
水朝两头走
在水里洗你的衣服
让水穿你的裤子
叉开两条河
手上的天气晴朗
戒指之光普照手相
命运和气候有一种缘分
你被我抚摸一脸霜雪
我一身瘴气
剧烈的瘙痒钻心
一朵烟花
想缔结漂泊的姻缘
一阵哑风把云吹阴

脚气不散
长湿疹的天空烦躁不安
石头冒出嫩芽

一阵雷电使五趾开花

1988

天上的穴位

七月最后的日子
雨下了一夜
与风同行的姐妹
不知在身前身后
亲人的笑声在泪珠上闪烁

月亮露出天上的肚脐
我腹部受凉，伤了风
望着星星，我按摩天上的穴位
染上月亮的怀乡病
夜这么静，雨只会哭

1988

主妇

我的腰变粗，嗓门变大
一口碎牙咬破世界
唠叨是家常便饭，有滋味

银镯子会耍手腕
圈子和圈子彼此压扁，彼此无关
系一条不干不净的围裙
就该我绕着锅边转
我鼠目寸光，儿女情长
鸡毛蒜皮的事，说不尽做不完
唯有平庸使好日子过得长久
明天的明天会装进坛坛罐罐
就这样活到底

人能干什么
我们修房子，然后进进出出
我们造船开路，然后来来回回
我们垒砌台阶，然后上上下下
活一天算一天，折腾一生
脚趾甲的直觉没错

没有我，你们何处安身
家是末日的土地

我在家里出生入死
寸土不让，寸土必争
一堆散架的笔划围拢来
如墓穴里散乱的骨头
我把你们围拢来，围成家园

1988

走神的正午

石头的歌声闷闷不乐

罂粟花站在风中，状至虚弱

月亮的脸皮很薄

两个人有一个好名字

我们是恩爱夫妻，要白头偕老

吃家常便饭过好日子

明争暗斗是一道好菜

看在白瓷砖面上

我蹲下，排泄昨天

看水把它冲进另一个管道

它未脱体温，就被记忆抛弃

一缕气味阴魂不散

天空下沉

沉到水底

玻璃的透明沉重易碎

一片风景堕落不已

一张脸一片枯叶

吞一口唾沫就容忍了世界

1988

分居

懒是一种病

懒散是高贵的姿态

懒洋洋的世界

懒天懒地

水和云分居

在同一间房子里分居

在同一张床上分居

在同一躯体里分居

分居有利于身心健康

有利于懒

有利于高贵

石头懒得死

1988

镜子之一

镜子泪流满面，把光淋湿

影子心毒手软

对着玻璃当胸一拳

砸碎的是一个姿态

现在我不愁何处栖身

这一堵墙的房子

有着无限的空间

我安居其中，和光独处

我的一身由镜子作主

我消磨镜子

镜子消磨时光

灯不怀好意

咬住我的缺陷不放

这面孔如此丑陋

躯体如此蠢笨

在镜子面前我能自容

我和镜子攻守同盟

夜是唯一的庇护

一头假发不露破绽

我蜷缩在玻璃中

靠着唯一的墙

我有我的王牌

我对镜子吹一口气

它就老眼昏花

一经我的抚摸

它就精神焕发

镜子听我的摆布

镜子摆布我

1988

1989—1990

一个名字的葬礼

一个名字死在雾中
悄无声息

我一身黑袍
曳地而行
为一个名字举行葬礼
天空正下着小雨

一个名字死在雾中
不动声色

你的名字在春天发芽
无花无果成为秋天的落叶
我已喝完一杯微笑的凉茶

一个名字死在雾中
不动声色
我一身是名字的墓园
那最终是我的名字
我的名字生所有的名字

一个名字死在雾中
悄无声息

我一身黑袍

曳地而行

为自已的名字举行葬礼

天空正下着小雨

1989.10

眼下的情形

我向你走来
样子随随便便
某种气息可有可无
某种姿态若隐若现
鸟儿蒙在鼓里
一条鱼
一身行云流水

我睡了
你睡了吗
你是指谁
哦，这无关紧要
噢，睡着了多好
梦把我覆盖
柔软的天空
欢乐的河流
鸟儿在手中飞来飞去
鱼在眼睛里游
掀开梦，血肉空茫
一身是溶雪化冻的感觉

这是在家里还是在别处
聆听听雨声周围就变得亲切

我性情随和
顺从是我的嗜好
此时我顺从一场细雨

依赖你，不管你遥远或在眼前
这是我面对危险和死亡的姿态
我天生敞胸露怀
此时我会摇身一变
以树的姿势为你开花结果
风一吹就倒在你身上
花朵和果实就落在你身上

昨夜的雨水停在路上
旋转的湖泊露出兆头
遥远的风景若隐若现
我在身上设置天堂和地狱
优美的河湾顺手而来
想躺在你身上呼风唤雨
躺在你身上心猿意马
脸上是一片雪景

我坐在家里舔着剩下的日子
抛弃昨天我就一无所有

嘴唇曾经飞过

耳朵曾经飞过

我好像原地未动好像走了很远

空洞的笑声包容我

一首乐曲不了了之

我们彼此成为栅栏

我就要老了，你老了吗？

我这就老了，你老了吗？

我用死亡和诞生的姿态与你同在

你是谁，你老了吗？

1989.6

惆怅的风景

一个人为另一个人
走进惆怅的风景
幽深的河湾两岸浓荫
午后的阳光忽暗忽明

河风掀开黄昏的门帘
这里风景依然
我带你来
用你的眼睛观看

秋天水一样平静
我能为你做什么
我用你的耳朵听风声
水吸引我
你的沉默吸引我
我走进河流
被水抚摸
被岁月澄明
获得水的恬淡
我用你的寂寞和水独处
此时你正向我倾诉

一个人为另一个人
走进惆怅的风景
幽深的河湾倒影淤积
午后的阳光忽暗忽明

我坐在岸上
裸体的山脉逆光而行
夕阳孕育着金子的缄默
或许夜晚能梦见你
让白天满怀离愁别绪
太阳照常出没
有谁像太阳那样凝视万物
满怀光明和温情
有谁像我这样凝视你
凝视水面上仰泳的落叶
凝视心中那惆怅的风景
或许我用你的眼睛凝视过露珠
或许你用我的眼睛凝视过流水
除了你
有谁经得起我的凝视
我凝视的一切将化为空洞
水的空洞
光的空洞

石头的空洞

一个人为另一个人
走进惆怅的风景
幽深的河湾苍茫凄迷
午后的阳光忽暗忽明

蓝色的小蜻蜓
在水面上啜饮神秘的涟漪
古树的年轮溶为我心中的涟漪
匿名的光纠缠着一片水草
晚风吹开忧郁的目光
岸柳的眉梢闪亮
夕阳在瞬间化身为水化为永恒
我和你心领神会
永恒的默契化为夕阳
水和云彼此诞生彼此埋葬
那天上的河流
那无限空虚的凝视
那水里的天空
那无限充实的心

一个人为另一个人看这辉煌的风景

一棵树为另一棵树享受这惆怅

好舒服的水

好舒服的光

好舒服的惆怅

空洞的风景不寒而栗

我带你回去

一身水光天色

1989.9

意外的风景

观望的人转过身去
眼前一片意外的风景
一个孤单的面孔
在寻找充饥的食物
沙漠啜饮沙漠
饥渴啜饮饥渴

我像个医生
看自己病入膏肓
我熟悉金属的药性
冰凉的体温使人惬意
我耸起双肩
从一只手中找另一只手
我已尝过金属的滋味
死是我期待已久的礼物

等我的人站在天边
如一棵树长在绝壁
遥远使我倍感亲切
我们在说些什么
只见夕阳变幻口形
彼此听不见声音
一错再错的手势

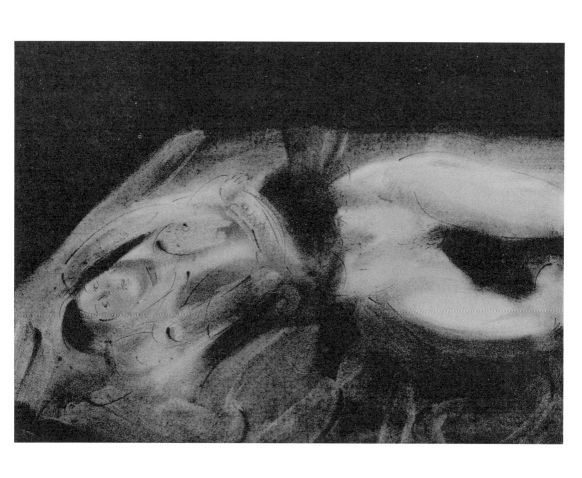

使我误入歧途
我只能将错就错

那场雨是我的哭泣
使你浑身湿透
沁人的雨声
一支古老的乐曲
给你带来慰藉
秋天是我的礼物
死是我的礼物
我是你的礼物

月亮一身清白
白得虚无
仰天而卧的女人
闲置的躯体一片荒地
我一身野兽的蹄印
像植物自然枯荣
在果实与果实之间
做荒凉的美梦
我就这样躺在这里
摊开双臂
一只手空空如也

一只手胜券在握
血液从容地流
忧伤不再带给我麻烦
乡愁使匆忙的生命悠闲

我是个快活女人
像花鸟一样欢歌笑语
昨天我过生日
被酒灌醉
对灰色的风景兴致勃勃
生日之后是活着
死亡之后是活着
不活白不活
死是我的礼物
死是意外的风景

我在我的手心里
做活的姿态给自己看
做同样的姿态给你看
嚼食沙漠的女人没有年龄
喝风水的女人没有体型

你来我来翻过身来

你去我去翻过身去
天空这样体贴我
我这样体贴土地
你这样体贴我
体贴意外的风景

1989.10

野兽的表情

不怕岁月的女人束手就擒
忧愁使你的皱纹分外迷人
此时你坐天下
品尝缥缈的星辰
活是一种麻烦和荒诞
你手中只有爱抚和温存
弱小的动物无力哀嚎
这不知死活的季节
你对石头生怜悯之心
一身野兽的表情
扭曲的身子四肢着地
谛听周遭及远方的动静
临产的母狗满怀狐疑
耸然之尾摇晃不定

1989.10

自白

我有我的家伙

我有我的乐趣

有一间书房兼卧室

我每天在书中起居

和一张白纸悄声细语

我聆听笔的诉泣纸的咆哮

在一个字上呕心沥血

我观看纸的笑容

苍老的笑声一片空寂

一张纸漂进河流

一张纸飘上云空

此时我亮出双掌

十个指头十个景致

唯我独有的符号泄露天机

十只透明的指甲在门上舞蹈

我生来就不同凡响

我的皮肤是纸的皮肤

被山水书写

我的脸纸一样苍白

我的表情漫不经心

随手抛洒纸屑

一只脚踏进河里

挥霍梦中的仙境

纸糊的面具狂笑不已

它已猜出纸上的谜语

我有一间书房兼卧室

窗上的月亮是我的家俬

我天生一张白纸

期待神来之笔

把我书写

我有我的乐趣

我的天堂在一张纸上

我寻求神的声音铺设阶梯

铺平一张又一张白纸

抹去汉字的皱纹

在语言的荆棘中匍伏前行

1989.10.8

死亡表演

现在无事可干
我摊开躯体，蒙头大睡
血的沉沦无边无际
睡成一张白纸一张兽皮
一张谜方膏药
睡姿飘逸
薄薄铺在床上
床上铺水铺沙铺两层烟云
风水洋溢
我乐于沉溺

一片玻璃身不由己
狂饮骨雕的风景
卧室的西窗睁着盲眼
我端详梦中的睡相
四肢没有形状
血不醒酒　醉成泥
睡成金枝玉叶
一滩静水
一堆芬芳的垃圾
对面的西墙扯起白帆
一片温床顺流而下
一叶扁舟在手上漂泊

枕头已经抛锚
梦见瞎鸟在镜中飞
叫声飘零

被子在深夜发酵
不同的懒散同时膨胀
绣花睡衣一身浮肿
我血肉蓬松，睡意绵绵
床是迷人的舞台
此时我在天上
流星划过眼角
柔软的夕阳静谧辉煌
遥远的梦境灯火通明
我身临其境
任由酣睡表演死亡
一条腿表演，一条腿看戏
一边脸死去，一边脸守灵
死是一种欲望，一种享受
我摊开躯体，睡姿僵化
合上眼睛像合上一本旧书
发亮的窗口醒成墓碑
各种铭文读音嘈杂

母女

走进你弥留的日子
我和你岁数相同
你的呼吸变得泥腥
你的血肉变成黑土
你让沉默为我们画像
把我们画成同一个女人
为了彼此区别，你让我走开

除了你，谁还能伤害我
夜嚼食我，我嚼食乡愁
你的叹息是唯一的乡音
除了我，有谁经得起你的触摸
肚脐是致命的深渊
你用脐带把我拉扯成人
凭空给我一切
活着，像你一样活着
我尽了这份孝心
你在灯上焚烧十指
你的躯体以抵挡的方式横卧
怀着怕死的心情
你把我全身框在眼里
温柔的回忆被细节模糊
我是你唯一的证据

你盯着我，你的躯体像盗空的墓穴
一件驼背的棉袄体温馊臭
兜着你剩下的日子
你脸上是随遇而安的笑容
准备扬长而去的神情

你说生是一种赤裸
死是另一种赤裸
昨夜，你忘了死时也忘了呼吸
你的乳房高耸入云
可耻地颤动，喷洒苹果汁
把尸体染绿，让尸体浮肿
像一个永恒的孕妇
好像你能孕育永恒
死是这样平庸粗俗
让我熟视无睹
我穿着你的旧衣服
很温暖很合体

1989

斜依雨季

我身上阴云密布
你的名字能呼风唤雨
雨能使人惆怅给人安慰
能使枯燥的日子可以容忍
我常在沙漠里听见雨的声音

闲散如云的步履
使四壁飘逸
我向你转过向日葵的脸盘
让你在雨中观赏
花朵与果实的秘密

无聊的时辰心下小雨
下雨天感情丰富细腻
藤本植物在纠缠中疯长
绿色的汁液在体内私语

雨是一幕古典的情景
陪衬支颐沉思的美女
渴望有家是天大的奢侈
你看漂亮的鱼群瞒天过海
流浪是唯一的归宿

斜依雨季

表情显得很典雅

抖开十指

纤纤素手

拔弄古老的竖琴

听你身上的雨点

我的年龄被雨烹调

我的悠闲酸甜可口

下雨天口内生津

嚼你的名字是一种享受

石头嚼光水嚼星辰

我们彼此成为报应

我对你亲密如雨

我对你缠绵如雨

花园里一片潜然

也许你能解释为什么天要下雨

我却永不能回答为什么爱你

1990.5

爱是一场细雨

下雨天等你很安心
想你的时候没有焦虑
我用雨丝织着窗帘
在窗帘上织你的名字
你的名字有许多图案

爱是一场细雨
我的思念悠然自得
我的渴望生意盎然
门被风敲响
心被雨敲响
无边的雨无边的寂静
风背诵你的名字
我背诵雨的名字

你从天上掉下来
落入水中
像这绵绵细雨
像梦中透明的谜底
让雨抚摸你成熟的伤痕
品尝你的悸痛
让雨浇灌你荒凉的背影
使你生气勃勃

像水拥抱雨

像雨拥抱水

彼此投入

让两个名字彼此诞生彼此镂空

让两个名字川流不息

在疲惫的缝隙里狂欢

在沉默的缝隙里低语

让我的悠闲辉映你的忙碌

让惆怅溶化岁月的哀怨

细雨挂在脸上

期待是爱你的唯一姿态

我身上的潮汐

为你兴风作浪

为你挥霍所有的时光

雨是落寞的舞蹈

雨是寂寥的音乐

我爱你像一场细雨

1990.5

等的状态

等你　等某个时辰
怀着宫娥的心情
不久于为世的娇羞
哽咽绝望的乡愁

等你　等一张网
昨天是件破旧的织物
经不起整理
收起你的老一套
让所有的日子水落石出

镜子隐匿了身份
自己玩味自己
自己辨认自己
看破迷津的表情吓人
鱼死网破时
水笑得放荡

1990.6

孤独的风景

温暖的季节来到心中
我四肢发芽
浑身是柔韧的静
天空在水中端详自己
那万劫不移的神情光彩照人
我害怕那致命的回忆
眼前一片遗忘的风景

风用玩笑款待我
让我品尝无聊的甜头
失禁的天空阴雨绵绵
生病的石头萎靡不振
一本怀孕的书发黄发潮
我的手如热带的阔叶
渴望抚摸有毛的动物

在什么也不想的时候
我脸上的表情像一场痢疾
到处是吞吞吐吐的眼睛
可怕的脏
石头把巨大的精力消耗在水中
水把莫名的痴妄消耗在云中
我愿意成为孤独的水

此时我坐在云端
我是自己的憩园
一片孤独的风景

1990.5

旧梦

镜子里传来笑声

一条哑鱼尾随而至

无人认领之心咎由自取

耳朵喝完音乐之汤

吞下隔壁的呼噜

眼睛嚼你的黑痣

偷香窃玉之风

很潇洒地嫉妒你

月亮成为宿愿

睡是唯一的救星

给我遗忘和休息的恩惠

梦中的蝴蝶露骨的冷

1990.6

自己的事自己做

玩偶端详玩偶的神情

和镜子一起看脸上的马戏

动物的尾巴四处招摇

自己逗自己

娴熟的血肉忽冷忽燥

睡是一剂良药

养颜驻容

演习最终的仪式

迷人的躯体显山露水

自己哄自己

靠梦拯救

墙上的湖泊波光潋影

厄运的脸庞日渐清晰

美人和丝绸一起腐朽

抚摸柔嫩的细节

楚楚动人

酩酊之手拉你

自己累自己

一串名字四处投生

脱胎于水

秉承云的体形

情绪日记之一

从丝绸上溜走的女人
消然无影
过去的日子款款而来
听植物的心脏跳动如莲

1990.8

情绪日记之二

一只手在你身上奔波
云的表情不可捉摸
一只倦鸟在心中飞
石头的欲望没有着落

眼里的雨水淋透风景
羊齿植物把时光嚼碎
我身上的闪电抓破天空
安宁的地方逼仄
眩目的黑暗如泻

隔壁的笑声在墙上
隔墙有耳
听苍茫
一口锈蚀的钟
一腔秋风

1990.8

胎气

寅末卯初时辰
露珠吞下四周风景
一颗流星噤若寒蝉

腾空的季节
果实累累
不胜夭亡的风水

石头一脸苦相
破天荒地笑
手上的风波渐渐平息

某种仪式
被神排练
一场灾难被神预演

福泽高深的人
不担风险
一切祈愿身怀死胎

1990.8

雨点

一滴水在你额头上孤悬

漂亮的泪珠凝视你

孵化满天星辰

月亮蜷缩在河弯

夜是唯一的风景

那场雨解释了天上的疑团

水坐在石上

八面来风

又聋又哑的痛肉想你

雨是永恒的乡愁

1990.6

老风景

如果你客死异乡
我的心会把你埋葬
我是你的故乡

夜露在花瓣上栖息
以可爱的姿势迎候你
丰满的河湾
在季节深处繁殖乡愁
遥远的风景随波逐流
你的名字是回忆的源泉
宁静和苍老逆光而来
月亮盘算你的归期
思念是寂寞的旋律

熟读你脸上的卷帙
任两个名字颠沛流离
我们彼此成为夙怨
相对微笑听背后的哭声
享乐和痛苦的旋律淋漓至尽

我身上的好风水
被海涵养
石头和水的旋律
刻骨铭心
你在我身上客居
我身上的家具得心应手
你的抚摸恍若隔世

你的名字斗换星移

我身上山穷水尽

剩下的风景满目疮痍

血肉浩荡的旋律飘然而去

再见的手在风中摇曳

还等什么

等我恨你

爱等你们苍老之后

缔结最后的缘分

聆听绝望的旋律

我要是恨你就有福了

云和水遥相呼应

使血肉和灵魂荡漾开去

使此漂亮的分手

风声鹤唳

——独守秋夜

经不住月亮的盘问

云雨在心中飘来飘去

我用熟悉的旋律挽留你

破旧的风景焕然一新

1990.8

镜子之二

瘦削的镜子凭你娇宠
把一个影子弄得满城风雨
玻璃在身上流
水在玻璃上流

细细品尝手中的菜谱
悬置的表情意味无穷
我每天喂养镜子
养殖一脸花草

我服侍镜子
镜子服侍我
我的身体日渐白胖
镜子放浪形骸

无缘再见的星辰
无缘再见的人
面对异乡
叫不出一个名字
时间销毁了一切痕迹

漫长日光把镜子养肥
玻璃最容易怀孕和流产

我一身疾病
需要耐心调理
镜子是很好的医生
能妙手回春

1990.6

形而上的风景〔组诗〕

之一

1

合掌如蚌

意念如珠

像一棵树席地而坐

2

顺其自然

独享思之浩渺

拈花一笑

绿叶诵完四季风声

3

数息入静

手握空拳

以一念代万念

四肢温暖柔软

耳边的风声远去

纷繁的表情化为乌有

4

盘腿而坐

像一把锁
外无所求
内无所得
宁可千年不悟
不愿一日着魔

5
一条河从身上经过
源远流长
老子天下第一
向日葵的脸庞日新月异
寂照灼人
以树为碑
在风中领受缘分
玄之又玄
众妙之门

之二

你的微笑突如其来
被绝望拯救不止一次
死是神的姓氏
一滴血成为悬念

尽善尽美的圆

你叫我来
我怎么来
死没有捷径
没那么轻松
岁月蜷缩在手中
像一条冬眠的蛇
完成了绝妙的轮回
沉入肉体的姿态
包罗万象的空

万事落空的水池
眼花缭乱
太阳把你晒懒
一身风的图案

之三

夜未央
风翻开云层
阅读天书
不求甚解

星是神的文字

宣喻神的规箴

亡灵们逃逸人伦之网

游离于温情脉脉之水

不依赖肉体的知觉

领略天经地义

浑身上下一气贯通

乐而不淫哀而不伤

仔细玩味流星

某种天意被神灌输

月蚀戏弄了古代的天空

观星者的胡须坠地成草

太阳心里明白

燃烧是审美的姿态

毁灭是同样的姿态

茫茫天数

无始无终

1990.9

1991—1996

聊天的镜子〔组诗〕

镜子游戏

通阴育阳的河流

把心丢在空处

水的表情一一应验

把深渊看到底

如履平地

想到堕落的尽头让人心安

睡眠消化了眼前的麻烦

一只忧郁的蛋

没完没了

孵出惊恐的小鸟

飞上天

化身为云彩

月是故乡

荒无人烟

云的表情瞬息万变

万千姿态随遇而安

镜子与笔

一支得心应手的笔

召集云游四方的文字

在一张纸上安居乐业

哺育镜中笔黑

一抹黑

阳光逃过劫数

戳穿故纸的阴谋

日月慈悲

我心善待每一个汉字

血缘的觉悟给我欢乐

品出粮食和水果的滋味

感谢天意

我的四肢与笔画溶为一体

在某个瞬间完成一生的使命

让每一个字光芒四射

那些笔画禾苗般生长

露珠滴翠

这是笔的梦境

靠这支笔实现死亡诞生和爱情

靠镜子起家

我是个快活的诗人

梦笔生花

兴高采烈

靠一支笔触摸星体

统率一部典籍

驰骋千军万马的汉字

天马行空

无往不胜

脚踏一张白纸

腾云驾雾

马不停蹄

镜子与花朵

镜中的玫瑰含苞欲放

开是一种天然的技巧

凋谢是另一种技巧

花开花落的招数

无骨无肉的香

落得一副好心肠

傲慢的冬季

冰裂的天空寒气袭人

冰是美人的镜子

肤若凝脂

冷是美人的气质

美人们用心如镜

笑是永恒的花朵

招财进宝地笑

望尘莫及地笑

笑是一门学问

一种出路

一种境界

是谁拈花一笑

亡者的笑声响彻云霄

笑成风

笑成汪洋

水是智者的镜子

云是神的镜子

片片浮冰漫天漂泊

美人的泪珠是祖传的首饰

1994.12

侠女秋瑾

红唇如鞘

脱颖而出的口风

着重喧染空气的魅力

西天悬云如银

盛开的花朵吉祥如意

凋谢便随风随雨

美人开始琢磨镜子

梦中的骑士马不停蹄

无法说明来意

口中吐出冥顽的呓语

对来龙去脉掐头去尾

铺张白色的布匹

真心实意地款待空虚

让天空衣不蔽体

梦中的女人无儿无女

她一昂头便避开随风而来的诽语

骑马重返夜间的奇遇

在某种旗号之下

骑马到达非分之地

她对那地方有准确的记忆

云层覆盖着庞大的天体

让古老的欲望化为液体

女人们古道热肠
使世人一时热情洋溢
荒凉的雾霭沾沾自喜

缓缓弯曲的光线乱成一团
把所有的故事混为一谈
一面镜子信口开河
不朽的英名大江东去
在早晨退潮的女人
没有留下漂流之物
骑安然无恙的白马去死
一晃便来到海上
铺天盖地之水
迫不得已地笑

着迷于手上的绝壁
西风贯穿身上的峡谷
一切经历来自梦中
谁不想动真情
谁不想为真理而斗争
谁不想悬崖勒马
汩汩细水回注眼帘
等夕阳晒干睫毛

目光便不再缠绵

落日向西红得发紫

焚烧纸上的美女与骑士

一缕炊烟升起

在虹的纺车上织出华丽的布匹

1995.4.12

才女薛涛

胭脂随风扬起粉尘
飘逸的手腕顺势而来
一条腿上的老街关门闭户
箫笛声中人去楼空
旋转的河流绕屋而过
美人们善于长眠
在睡眠中回避眼前的麻烦
在眼眠中以逸待劳
梦中的笑声云雨丰沛
漫长的面孔由远而近
别致的狼毫娓娓道来
淡粉淡绿的纸笺芳龄不变
颠鸾倒凤的文字
流芳百世
给岁月写信
经由每一片叶子
到达子夜回到手中
从写作中来到写作中去
风荡来荡去像不朽的乐曲

四面楚歌十面埋伏
让混乱的情绪搅成旋律
使寂寞的日子可以充饥

祥云状的面貌导致甘霖

知足是一笔财富

随之而来的乐趣

像一面称心的镜子

知恩图报

留下一口老井

即便它无人问津

1995.5.23

美女西施

美是一种残酷的战争

倾国倾城之貌

让历史忍无可忍

旷日持久的嫉妒

不分男女

东施们不断上演

深入人心的戏剧

一坛陈醋开胃地酸

浸透变幻的脸蛋

挑逗是一种愉快的袭击

美人们从睡眠中找来兵器

生锈的矛盾可以应急

我站在盾的前面

与梦中的敌人交战

美貌掠过刀光剑影

回合十分冷静

不动声色

眼看手中长矛慢慢变软

像一袭水袖飘飘欲仙

夜是无边的疆场

枕戈待旦的醋和烈酒

使英雄美女心灰意懒

七窍生起烽火

一片狼藉的尸体

我是其中之一

我在矛盾之中亭亭玉立

受两种兵器的要挟

默默吟颂战斗檄文

结果便不言而喻

敌人埋伏在盾的后面

仅仅是铜镜上的浮雕

面带微笑跟随黎明的鸡叫

睡袍上的凤凰闹着饥荒

逼我马上起床

来不及打扫战场

镜子里全是战后的景象

随地乱扔的衣服

像一堆狼藉的尸体

我是其中之一

有些尸体比活着更有魅力

更能进入历史

荒漠中的白骨

比生命更形象生动

死亡是更纯粹的风景

贝类的躯壳都很美丽

可以用来制作神话和首饰

一如西施的名字成为形容词
有人一生没见过镜子
有人一生没见过西施
我得面对镜子细心梳洗
保持房间内的秩序与和平
随手翻阅一张报纸
有专家学者的权威考证
说西施和东施是孪生姐妹
他们羞羞答答又聋又哑
容易被人传为佳话
杏子和葡萄偃旗息鼓
帮助我消化胃里的食物

1995.9

蜘蛛

充血的树枝不想插手夕阳
落日的状态便显得荒唐
时间是一九八五年十二月十日
一只蜘蛛突然亮相
母豹的背脊掠过梦乡
地点在乌有大街无名小巷

她躺在哪里
哪里便形成一片水域
清澈的肉体不寻不觅
不动可以掩饰许多怪癖
使阳光下的事物突然无名

一缕微风袭扰你
满腹丝绸的话语
纷乱的毛雨扑朔迷离
一度陷入失落和脆弱的冥想
如蜜的眼泪尽情流淌
泪珠破碎的声音
潜入人人设防的领域
椭圆形体
一身千丝万缕
一身是家

一身是家产
一张井井有条的网
让来日温和明亮

空中的涟漪
炫耀空的魅力
处于中心成为某种情结
使一个优美的平面成为深渊
往日的蝴蝶翩翩起舞
经营空中的盛宴

网是身体的织物
自己捕捉自己
自己等自己
自己供养自己
自己葬送自己
拥有一张网
被网所拥有

为突发的事件设计
一套图案和程序
渴望破坏
耗尽体力的夜把偶然抽空

黄昏如雾雾失楼台
不惊动水也不惊动空气
一张凭空的网
一只凭空的蜘蛛

1996.1

月亮为谁做广告

夕阳熬煎困苦的躯体
向前是唯一的逃避
面向天空　虚无的风景
月亮给出回旋的余地

一片煞白之后
天衣得体
谁看见月亮
谁的困苦便化为池塘
光把人提醒
洞察不通过眼睛
保持纯粹的认识状态
谁也不追问谁
一个照面便彼此认亲

月光普照
芸芸众生
依然是万籁俱寂
黑夜闭塞天地

月到天心一团和气
出神入化之静
古老的壮举可歌可泣

镜子照见镜子
当面会心之妙
静默如涌潮
月亮为谁做广告

1996.3

月亮即景

满月的景象如此慈祥

抚慰一切的光芒

显然有关你的痛痒

面对月亮 故乡的脸庞

不约而同的神情与向往

盘剥岁月的老磨房

把旧日子磨成精细的食粮

闲散的云朵日益荒凉

在睡觉之前进入梦乡

故乡是一种妄想

置身于温柔的险境

享受美妙的煎熬

此时此地 · 301 ·

漂在手上的房间

在你准备出门前

你设计的时间剖开我的睡眠

关门的声音是一道早餐和早晨一样冰凉

潦草的光线窜进房间

异乡的早晨总显得荒诞

忙碌使具体的日子摸不着边

金属的涟漪恍若漏斗

钥匙在故乡之外旋转

悬空的脸庞　悬空的门窗

马路和城市异常麻木

故乡是一种妄想

一团劳碌的云

无风无雨地漂

累是一种舒服的感觉

使人变得质朴

善于应变的水畅饮自己的经历

畅饮肉体内外的全部命运

故乡是一种妄想

内心的汪洋

海浪翻卷海浪

反复地活着　不厌其烦

保持水样的满足

一觉醒来之后

海天一色的蓝

木已成舟的背影

刻舟求剑的刃

担当风险的水

经历变化的水

思念如帆如炊烟

困扰的人要尽情做爱

与月亮做爱要当心

当心灵魂对肉体的厌倦

当心肉体对灵魂的厌倦

被事情占领的手抚摸风

像水抚摸云

故乡是一种妄想

束紧山腰的风慢慢松手

风挤进门缝

身体到来 来到空处

怀念使冷落的日子变得温暖

你的名字成熟于怀念

半个月亮贴在脸上

被岁月盘剥的面孔

日益浑圆

窘迫的阳光慢慢变得自在

除了命运

一棵树不可能经历另一棵树的成长

彼此成为梦想

类似月光和阳光

分不清勇气和运气

分不清我和你
那里有爱你的人
那里就是你的家
月是故乡
一种舒适的妄想

1996.9.27中秋

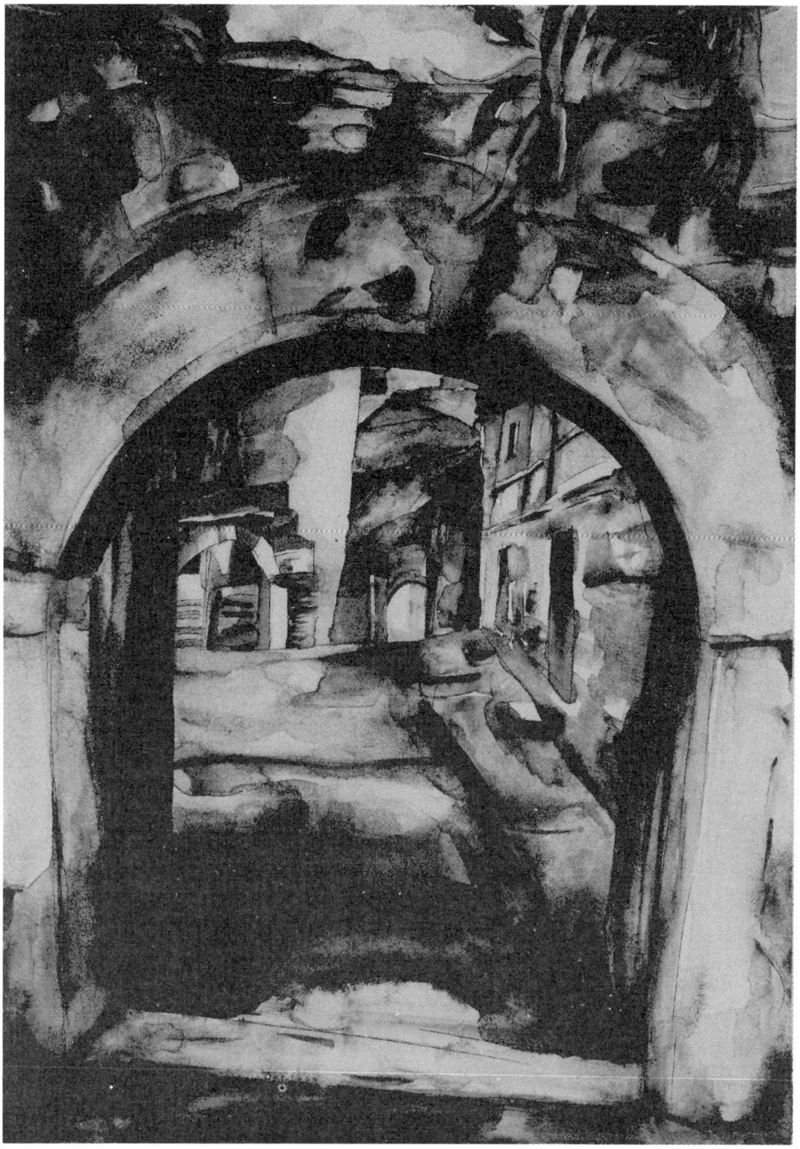

2009—2015

欲望的挽歌〔组诗〕

1

盲目之水露出光芒

在一页纸上背井离乡

水有独到的地方

像神出鬼没的欲望

像时隐时现的你和我

阅读彼此的波浪

月亮看见月亮

萍水相逢的刀

刃是绝对的平面

悬空之水游刃有余

2

镜中的露珠日渐失明

眉飞色舞的蝶

毫无梦想的花脸

变态是一种成长的把戏

彼此成为炼狱

蝶与蛹的轮回

生之妖魅

死之妖魅

混淆睡眠与死亡

身为温床

梦是纯粹的经历

彼此成为无梦的梦乡

在不敢哭泣的地方

想象梦中的花朵含包欲放

投入镜子的怀抱

被镜子谋杀

那只在家门口打盹的母狗梦见

儿女们身在异乡

看家的本事没有用处

家已成为生存的野心

一场雨看见

一滴水落入另一滴水

一条河流入另一条河

在融入中背叛

在背叛中融入

彼此成为欲望

彼此成为病毒和药物

彼此成瘾

3

天空无从体验堕落
与月亮私奔的云
千娇百媚
轻浮是云的天性
悬置的姿态无所适从
云何以怀疑天下的水
像天空怀疑海洋
像身体怀疑欲望
云想堕落的时候
大雨便倾盆而下
成群的水母翩然而至
以吞噬的方式包容一切
生就海的体形
像雨落于水中
水是如此风趣
喜欢玩匿名的游戏

一只和季节妥协的苹果
红颜薄命
回忆腐烂的日子
苹果忘了苹果的滋味

水果是一种不确切的身份

貌似一种家居的摆设

没有胃口

没人吃

风不动声色

拒绝可以避免一切

就是今天了

我和你彼此错过

以后的日子便将错就错

这是最初的神话

遥远的故事

叙述刚刚开始

无法更改的过去

苹果知道自己的谜底

昂贵的谎言

致命的甜蜜

欲望是死亡的把戏

晦暗的海

这水又深又浑又冷

被水颠覆的鱼目睹

一滴水吞噬另一滴水

吞噬太阳的水

被太阳吞噬的水

一片虚妄

无聊的把戏无聊地诱人

一片水毒死另一片水

4

迷失的欲望像一个弃婴

血肉模糊

有人听见哭声

不知在哪里啼哭

在脏透了的地方

一条长白菌的阴沟

一个医院的下水道

和一群古怪的鱼彼此吮吸彼此寄生

用欲望的筛子筛水

时间抽空了一切

那欲望露出伤口露出白骨

为了逃避烂熟的地方

把自己卖给自己

这是医院的把戏

医生的脸像一张皮影

违背疾病的表情

我叫得声嘶力竭

我听不见自己的叫声

一场皮影戏

没有配音

那只在别人的屋檐下

养尊处优的燕子

丧失了飞翔的欲望和能力

5

欲火中烧的太阳

在天边沉沦

像在自己的灰烬中

安眠的炭火

落日纺织着飘渺的云霞

华丽的丝绸在风中腐朽

血本无归的夜

血本无归的身体

如此细腻的血肉

在欲望中变成野兽

被镜子囚禁

一只自慰的狗

在镜中获得孤独的高潮

舔食咸腥的精液

怀孕的玻璃满腹怪胎

在镜中表演

所有看得见的欲望

腹中的胎儿互相剽窃

剽窃欲望

一个人也可以独自做爱

在身体不能到达的地方

欲望也不能到达

缺陷使人如此阴险

遗传的咒语致命的荒诞

水与钻石的隐私更像谣传

此时月亮出来

用她的孤独霸占星空

冰会怎样面对过去

回忆的闺阁尤如青楼

撒尿的声音不绝于耳

一条从冰厢里拽出来的蛇

留下欲望的地址

死亡是一条街一道门牌

6

那滴水没有落脚之地
那条河没有流向
水背叛了河流
河流背叛了水
堕落与深渊不分彼此
身体向欲望借贷快乐
镜中的尸体债台高筑

温暖的夜色在梦中腐败
无数的驱虫往肉里钻
在狂奔的身上抓住自己
抓住的只是影子
我的手也许是你的手
我的胃也许是你的盲肠
我们彼此成为异乡
死是一个节日
爱像一场月蚀
想躲进平常的日子里
想生活在自己的身体里
让欲望拯救生命
让生命拯救欲望

贴身的秋天日渐萧条
此时欲望和身体彼此眷念
快乐像一次寒噤

7

一个身体投入另一个身体
像一棵树投入另一棵树
视死如归的植物
想开花的时候开花
想结果的时候结果
想落叶的时候落叶
藤本植物乐于命中的纠缠
梦中的枝条轻轻地抽打
镜中的黎明
乱伦的花朵姹紫嫣红
让时间投入自己的怀抱
老是一种权利
时间的权利
我的权利
树的年轮如此美妙
一环套一环
死会解释圆满

上帝的关怀尤如睡眠

梦是幽灵的客栈

不知何时换一次床单

体贴睡眠

化身为雾

漫天大雾让上帝迷糊

光穿行在雾中

神不守舍

天空的欲望让人心慌

是欲望驯服身体

是身体驯服欲望

一塌糊涂的季节

水和镜子看得透摸不透

秋天爬上云的背脊

谁能体会一朵花开放的暴力

统治天空的鸟落光了羽毛

是身体背叛了欲望

是欲望背叛了身体

8

那场雨看见

一滴水落入一条河

一条河流入一滴水

用水供养水

用身体供养身体

如此纯粹的欲望

让生命丰满明亮

澄清欲望的河流

澄清河流的欲望

通天的快乐透心的凉

9

一个身体进入另一个身体

像一粒种子融入一片土地

在欲望中沉睡

在欲望中苏醒

和生命一样朴素

让生命感到自由的欲望

让欲望感到自由的生命

朴素的欲望使生命高贵

只有快乐没有过失

一滴水落入一条河

一条河流入一滴水

彼此成为欲望

如此纯粹的欲望

在我身上

在你身上

2009.11

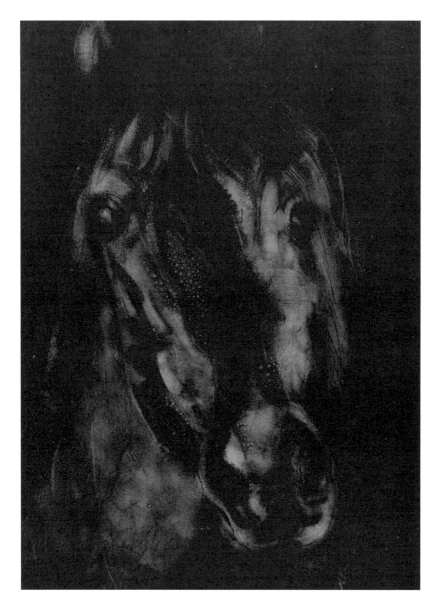

一匹马

一匹马

在马厩里慢吞吞地吃着草

把草嚼得很细

细过草的香气

它那庞大的胃

从容地消化草的岁月

消化冥顽的记忆

马头低垂

像是古典的图腾

它昂首嘶鸣的时候其实很少

更多的时候是站着发呆

在容易迷失的地方吃草

站着睡觉是一种古老的遗传

所以它站在那里

发呆或者睡觉

尽管我离它很近

就在它身边

有时我并不知道

不知道它在发呆还是在睡觉

我觉得奔波是马的命

奔腾是奔波中很少的瞬间

它在逼窄的地方来来回回

那空间像马槽一样大小

奔波就显得局促和陡劳

神马都是浮云

英雄曾经写过这样的诗句

老骥伏枥

志在千里

我身边的这匹马

一直都在家里

在纸上奔波

在布匹上奔腾

我时常听见它的鼻息湿润如泥

它那古老的嗅觉

在冬天能闻到青草的气息

它的听觉来自异域

来自一些古怪的遗址

有些声音潜藏在浓密的鬃毛里

像汗水一样沁出来

只有风听得见它的呓语

它像草一样迷恋风

有时便成为风的化身

没有来头

没有踪迹

偶尔会喷出一串骇人的响鼻

只要自在
它可以站着或躺着睡觉
可以随时随地进入梦乡
它站在一轮甲子上
像站在遥远的地方
看更遥远的风景
等我走近它

我走近它
要用来生的时光
我在远处看它
觉得莫名其妙
名形名色
白马非马
在马的眼睛里
看见飞鸟之影
一动不动
鸟知道它的故事
我时常骑白马出走
骑黑马归来

2015.2

唐亚平 / 简历

唐亚平，女，出生于 1962 年 10 月。籍贯：四川。1983 年毕业于四川大学哲学系，获哲学学士学位。现为贵州省文联副主席、贵州省作协副主席、贵州电视艺术协副主席、贵州电视台高级编辑。

从事诗歌写作，有个人诗集《荒蛮月亮》《月亮的表情》《唐亚平诗选》《黑色沙漠》。在《诗刊》《人民文学》《中国》《星星》《山花》等报刊上发表作品数百首，诗歌作品被选入全国上百种重要的现代诗选集，其中包括"熊猫"、"企鹅"等外文版选集，作品被译介到英、美、德、法等国。组诗《田园曲》曾参加首届中美"北京—纽约"诗歌交流会。1985 年参加全国第五届青春诗会。1994 年获中国作家协会·中华文学基金会颁发的"庄重文文学奖"。

从事纪录片拍摄 32 年，曾任《纪录片之窗》《人与社会》《贵州人》栏目制片人，现任《唐亚平工作室》主任。曾获"全国百佳新闻工作者"、"全国德艺双馨电视艺术工作者"，纪录片《刻刀下的黑与白》获首届全国电视文艺政府奖"星光杯"一等奖，纪录片《侗族大歌》获第十五届全国电视文艺政府奖"星光杯"一等奖。纪录片《苗族舞蹈》获"全国优秀文艺音像制品奖"一等奖，获"全国电视文艺金鹰奖"优秀作品奖、最佳照明奖。获国际国内纪录片奖五十余项。

2009 年承担贵州省申报联合国教科文组织"人类非物质文化遗产代表作名录"的纪录片《侗族大歌》总编导。

2011 年，承担贵州省申报联合国教科文组织"人类非物质文化遗产代表作名录"的纪录片《苗族服饰》总编导。

2015 年承担贵州非物质文化遗产系列纪录片《山脉人脉文脉》总编导。

图书在版编目(CIP)数据

唐亚平诗集 / 唐亚平著.—上海:上海人民出版社,
2016
ISBN 978－7－208－14166－7

Ⅰ.①唐… Ⅱ.①唐… Ⅲ.①诗集－中国－当代
Ⅳ.①I227

中国版本图书馆 CIP 数据核字 (2016) 第 261207 号

出 品 人　邵　敏
责任编辑　邵　敏
助理编辑　常剑心
封面装帧　曹琼德
插　　图　曹琼德

世纪文睿 出品

唐亚平诗集
唐亚平 著

出　　版　世纪出版集团 上海人民出版社
　　　　　（200001　上海福建中路 193 号　www.shsjwr.com）
出　　品　世纪出版股份有限公司上海世纪文睿文化传播分公司
发　　行　世纪出版股份有限公司发行中心
印　　刷　启东市人民印刷有限公司
开　　本　720×1000　1/16
印　　张　19
插　　页　2
字　　数　62 000
版　　次　2016 年 11 月第 1 版
印　　次　2016 年 11 月第 1 次印刷
ISBN　978－7－208－14166－7/I·1595
定　　价　88.00 元